U0528441

张洁 / 著

世界上最疼我的
那个人去了

图书在版编目(CIP)数据

世界上最疼我的那个人去了/张洁著.—北京:人民文学出版社,2022
ISBN 978-7-02-016969-6

Ⅰ.①世… Ⅱ.①张… Ⅲ.①散文—中国—当代 Ⅳ.①I267

中国版本图书馆 CIP 数据核字(2021)第 239713 号

策划编辑	杨　柳
责任编辑	刘　稚
装帧设计	李思安
责任印制	苏文强

出版发行	人民文学出版社
社　　址	北京市朝内大街166号
邮政编码	100705

| 印　　刷 | 北京盛通印刷股份有限公司 |
| 经　　销 | 全国新华书店等 |

字　　数	137千字
开　　本	850毫米×1168毫米　1/32
印　　张	8　插页14
印　　数	1—10000
版　　次	2006年10月北京第1版
印　　次	2022年3月第1次印刷

| 书　　号 | 978-7-02-016969-6 |
| 定　　价 | 59.00元 |

如有印装质量问题,请与本社图书销售中心调换。电话:010-65233595

少年张洁与母亲

一九九一年七月底，妈突然以迅雷不及掩耳的速度衰老了，身体也分崩离析地说垮就垮了。好像昨天还好好的，今天就不行了，连个渐进的过程也没有。

而妈可能早有预感。

妈去世后，唐棣学生时代的好友石晓梅对我说，六月份她来看妈的时候，就觉得妈明显地衰老了。妈去拿笔记本，想要记下晓梅的电话。可是刚拿出笔记本就茫然问道："我拿笔记本干吗？"

晓梅说："您不是要记我的电话吗？"

就是这次，妈伤感地对晓梅说："我再也看不见唐棣了。"

晓梅说，以前妈也常说这样的话，但她从未介意，因为上了年纪的人常有如是之说。可是这次，妈再这样说的时候，晓梅觉得她是真的再也看不见唐棣了。

一九八七年妈得黄疸性肝炎以后，我每半年带她做一次B超，检查她的肝、脾、肠、子宫等等，医生每次都说她什么病也没有，一定能活到一百岁。

我虽然不敢奢望妈活到一百岁，我想她活到九十岁、九十五岁，是不成问题的。

我这样盲目地乐观，还可能是因为妈太自强、太不需要我的关照，什么事都自己做。就在一九八七年秋天因为黄疸性肝炎住进医院的前几天，她还自己步行到魏公村口腔医院看牙呢。

就在妈去世前的五六个月，还给我熬中药呢。

就连胡容都看出，一九八四年唐棣走后，妈老了一大截。一九八七年得了黄疸性肝炎后，又明显地老了一截。而我却总是看不到妈的衰老，我对她的关心，是不是连外人都不如？

医生的良好祝愿正中下怀地鼓舞了我、欢愉了我，从而也麻痹了我。它深深地印在我的脑子里，从而忽略了妈毕竟是八十岁的老人，以致我大意失荆州。这可能也是造成妈过早地去世的原因之一。

而且我那时不知为什么愚蠢地认为，那个半年一次的B超检查，就是妈整个健康状况的鉴定，既然做B超的医生说她什么病也没有，她就真是什么问题也没有了。我现在悔之晚矣地悟到,其实B超了解的只是腹腔方面的情况,其于心、肺、脑方面的情况还是一无所知。以我的智力,这本是略动脑筋就能想到的事,然而我却没有想到。

我算是大不孝了。

妈年事渐高以后,我并没有经常守在她的身旁,而是把她丢给小阿姨,或游走异国他乡、或应酬交际、或忙于写作、或去陪伴我的先生……以为有小阿姨在她身边,什么问题都解决了。

尽管现在我不论走到什么地方都把妈的一点骨灰带上,可这还有什么用呢?在她老迈力衰,最需要我在她左右的时候,我却把她远远地丢下了。

一九九一年七月初我到黑龙江大庆采油七厂采访,她比我哪一次外出都更想念我。听小阿姨说,她不断地说:"张洁快回来了,张洁快回来了。"好像在为无人照应的自己鼓劲。

可是我在大庆给妈打长途电话,问她各方面情况如何的时候,她老是说:"没事,挺好的。"

有一次妈便秘得特别厉害,急迫地念叨着:"张洁要是在就好了,张洁要是在就好了。"而我却远在大庆。

多少年来都以为妈的便秘是老年人的通病,后来才知道,那是由于她的脑垂体瘤已经影响到了她的内分泌系统,从而影响了身体各系统的功能的缘故。

妈从不要求我的关照，从不抱怨我在她八十岁的高龄，还总是大撒手地把她丢给小阿姨。

妈终于禁不住对小阿姨这样念叨我，一定是因为身体异常不适，有一种到了紧要关头的直觉。

我在黑龙江呆了不过十几天。一到家就发现，短短十几天里妈就颤颤巍巍地塌了腰。走起路来磕磕绊绊，举步维艰，两只脚掌嚓嚓嚓地磨蹭着地面。裤带也常常忘了系，吊吊地拖垂在衬衣下摆的外面。

妈再不是那个不管什么时候都利利索索的妈了。

可我还是想不到，或不愿意那么想：妈是不行了。我还以为，或我宁愿以为她不过是在懈怠自己。

我说："妈，您怎么这样走路？好好走。"

或者我在内心深处已模模糊糊地感到，妈也到了人生的最后阶段？尽管我一厢情愿地认为妈能活到九十五，但是为什么一见妈那样走路我就心里发紧？我心里越是发紧，却越是轻描淡写地对妈说："妈，好好走。"

妈就抵赖、隐瞒、解释着，说她脚底疼，或是鞋不合适，或是刚睡起来、刚坐起来，腿脚还没活动开⋯⋯

也许妈心里早就明白，否则为什么老是找出各种理由来蒙混我，也蒙混她自己——那可怕的结局不可避免地快要到来。

那个时候妈大概就知道她已经不行了。可是她不肯对我说实话,她怕我受不了这个打击——一直是互相搀扶才挣扎过来的,只有我们两个人组成的这个队列,即将剩下我一个人了。

所以妈的抵赖、隐瞒、解释里,总含着隐隐的歉疚。好像她不但不能再扶我一把,反倒把我一个人丢下,让我独自在这实在没有多少乐趣,甚至苦不堪言的人生里继续跋涉、挣扎,是她对我的一种背弃。

妈的两只眼睛,总是老泪凄凄的。

多少年来我们一直听信眼科医生的话,妈的视力不好,是因为长了白内障的缘故。而白内障一定要在它的翳子蒙上整个眼睛后才能手术。我们不懂,不懂也没问个明白,为什么十几年过去,妈的视力差不多等于零了,翳子还没有蒙上她的眼睛?

有两次胡容来看妈,恰好我不在家。她应声开门之后竟看不清是胡容,问道:"你找谁呀?"

胡容说:"姥姥,您怎么连我都认不出来了?"

妈说:"哎呀,听声音才听出来是你。"

到一九九一年更是出现了重影。妈常说,有时能看见两个我,有时半夜醒来,老看见屋子里有人,或有几个小孩子在乱跑。"刚开始我还挺害怕,后来就习惯了。"妈说。

现在，不用念医学院我也懂了，一个人的眼睛如果查不出别的毛病，视力却越来越差的话，就应该考虑是否是瘤子压迫视神经的缘故。可是却没有一个念医学院的眼科医生想到这一点。说他们是庸医恐怕不够公正，只能说他们没有想到。如果他们当中有一位能够研究一下，一个视力已经近乎零的白内障患者，她的翳子还蒙不上整个眼睛，是否和脑子里发生占位性的病变，压迫视神经有关？如果那样，妈早在她还可以承受手术的年龄就做手术的话，我现在还有妈。

妈的左肩更加歪斜了。

妈左肩的歪斜，可能是从一九八九年开始的。那一年五月十三号我去意大利的时候还没有发现，后来我从意大利转往美国，并在一九九〇年二月把她接到美国的时候，突然发现她的左肩歪斜了。不过那时远没有一九九一年夏天歪斜得这么厉害。我说："妈，您的肩膀怎么歪了？"

妈辩解说："这是因为右手老挂拐杖的缘故，右肩老撑着，左肩就歪塌下去了。"妈几乎不挂拐杖，拐杖拿在她手里只是心理上的一种依赖，哪里是什么"右肩老是撑着，左肩就歪塌下去"。她只是不肯承认那是衰老的象征。在她辩解的深处，恐怕隐藏着对衰老无力、无奈的忌讳，更主要的是她知道我不愿意她老。

我老是一厢情愿地觉得，妈还是拉扯着我在饥寒交迫、世态炎凉的日子里挣扎、苦斗的母亲。有她在，我永远不会感到无处可去，无所依托。即便是现在，我看上去已经是足够的强大、自立、独立的样子了。只有妈深知，这不过是看上去而已。

妈也一厢情愿地想着她不能老，更不能走。她要是老了、走了，谁还能像她那样呵护我、疼我、安慰我、倾听我……随时准备着把她的一腔热血都倒给我呢？

随时，我的眼前都能现出妈住进医院的前一天，坚持锻炼的样子：手杖依旧横空地握在右手，她常说："我不拄，我就是拿着它壮壮胆。"不管命运如何安排，她要以八十岁的老身奋力延缓着依赖他物、他人那个时刻的到来。

发卡胡乱地卡在头发上。稀疏的白发，东一绺、西一绺地四下支棱着。妈是极要体面的人，不管条件、情况怎样，她总是把我和她自己收拾得干干净净、整整齐齐。可是，早晚有一天人人都会有的，那个力不从心的时刻终于来到了。

双臂勉力地、尽快地摆动着，好像还在协调地配合着快速、利索，其实举迈已经相当艰难的双腿。

妈晃动着双臂往前挣扎着，满脸都是对生命力，一下子就无影无踪了的不明不白、不甘不屈，以及在这毫无胜利指望的斗争中、心力耗尽后的空虚。

妈明显地食欲减退，吃什么都不香了。

而以前妈的胃口总是很好，饭量比我还大。更让人不安的是，我要是不给她夹菜，她就光吃饭。给她夹了菜，她就光吃放在饭上面的菜。我要喂她，她又不肯，就只好把她碗里的饭菜拌匀了让她吃。

吃饭的时候，眼睛茫然地瞪着前方，不知其味地、机械地往嘴里填着。端碗、拿筷子的手也颤抖得厉害，已经不能准确地把饭菜送到嘴里去。连端碗的样子都变了，不是端，而是用左手的食指抠着碗边，把碗夹在食指、拇指和中指的中间。我纠正她几次，可是没用，下次她还是那么拿碗。

妈的脑子里，好像什么都装不进去了。

妈终日倚在沙发上昏睡，任门户大开。

到现在，妈那昏睡的样子还时常清晰地出现在我的眼前。特别是那一天，我走进她的房间，见她睡得简直昏天黑地。我在房间里走来走去，干这干那，她也不曾感到丝毫的干扰。她那毛发日渐稀疏的头（妈的头发本来就少，但是不秃），枕在沙发的扶手上。那张沙发是我们经济上刚刚翻身的时候买的，式样老了一点。扶手比较高，所以她的脖子窝着，下巴自然杵在了颈窝上。嘴巴被杵在颈窝上的下巴挤得瘪瘪地歪吊着，气也透不畅快地呼呼有声。全身差不多摊放在沙发上，好像那不是一个有生命的躯体，而是没有生命的血肉。

妈不再关心锁没锁门，会不会丢东西；不再像过去那样，不管谁，哪怕是我进门，也要如临大敌地问一声："谁？！"

就是跟我到了美国，住在我任教那个大学区最安全的教职员公寓里，对公寓里其他人出入不锁门的现象，妈也总是放心不下，多次让我提醒他们注意锁门。我只是随口应承着，并没有认真去做。妈见没有成效，就"提醒"不止。弄急了我就会说："锁门干什么，谁能来偷咱们或是抢咱们呢？咱们有钱吗？没有。公寓里的家具人家也不会要；咱们的衣服即便偷去也没法穿，尺寸不对。再说，咱们俩不论从哪方面来说，都不对那些歹徒的胃口，您就放心吧。"

妈一生处在无所依靠，不但无人保护，还要保护我的情况下，对门窗的严紧自然有一种难以释怀的情结。不过她在世的时候我并没有求其甚解，甚至觉得这种过度的谨慎纯属多余。直到妈过世以后，当我细细回顾她的一生的时候，才有些许的感悟。

就连妈平时赖以解闷的电视也不再吸引她了，虽然电视如她醒时那样总在开着。也不再暗暗地为我关心天气预报,因为我和小阿姨每日要在先生和母亲两处交替地来回穿梭。

既然我已身为他人之妇,就得谋为妇之政。晚上过先生那边去给他做晚饭,以及恪尽我其他的为妇之道;一早再从先生那边过到母亲这边来,所谓的陪伴母亲、服侍母亲,给母亲做一顿中饭,外带在电脑上打字挣钱养家。所以妈老是希望天气晴好,免得我这样窜来窜去地被风吹着、被雨淋着、被太阳晒着……提醒我及时地加减衣服。妈去世后,再也没人为我听天气预报,让我注意加减衣服,或是出门带伞了。

所谓的陪伴母亲也是徒有其名。满头大汗地进得门来,问一声安,和她同吃一顿早餐之后,就得一头扎进电脑。不扎进电脑怎么办?写作既是我之所爱,也是养家糊口的手段。

不知道为什么家庭负担那么重,常常觉得钱紧。家里难得吃一次山珍海味,又少着绫罗绸缎,更没有红木家具、纯毛地毯。一应家什尽量寻找"出口转内销",力求别致而又花钱少。妈更没有给我什么负担,不但没有给过我什么负担,直到妈去世的那一天,还在倾其全力地贴补我。最后,她每月的养老退休金已有一百五六十元之多。她的每一分养老退休金都花在了我们的身上。

十多年前,当妈还没有这么多退休金,而我的月收入也只有五十六块钱的时候,以她七十岁的高龄,夏天推个小车在酷热的太阳底下卖冰棍,冬天到小卖部卖杂货,赚点小钱以贴补我无力维持的家用。那时候卖冰棍不像现在这样赚钱,一个月干下来,赚多赚少只能拿二十多块钱,叫作补齐差额。即卖冰棍或卖货的收入,加上退休工资不得超过退休时的工资额。但对我们来说,这二十多块钱,就是一笔很大的收入了。

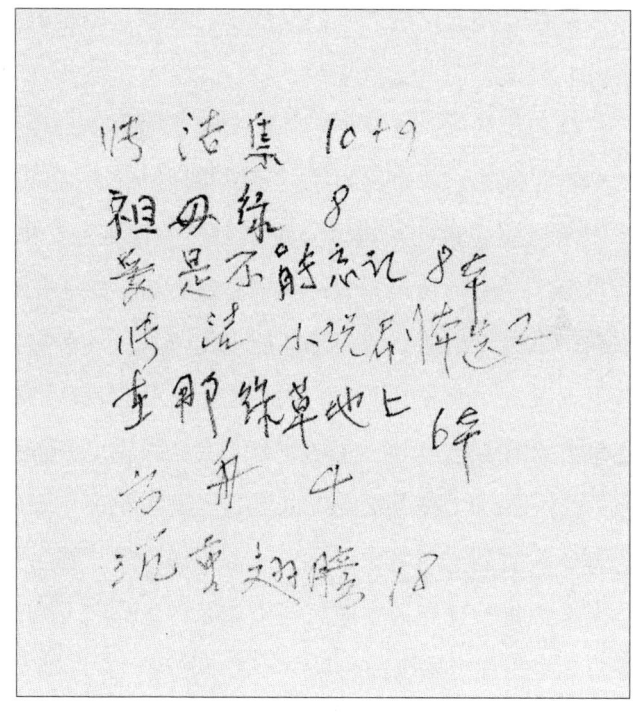

母亲记录的张洁部分作品清单

只是在我有了稿费收入以后，妈才不上街卖冰棍、卖杂货了。记得我将第一笔稿费一百七十八块钱放在她手里，对她说"妈，咱们有钱了，您再别出去卖冰棍了"的时候，她瘪着嘴无声地哭了……

到现在，我的眼前还时常浮现出那些又大、又浓、又重、又急的泪滴。当时，妈坐在我们二里沟旧居朝北那间小屋的床上，那张床靠墙南北向地放着，她面朝西地靠坐在顶着南墙的床头旁……

但是好景不长，后来我们经济上稳定了，可是妈更操心了。

早餐也很简单，一杯牛奶、一个鸡蛋而已。一杯牛奶能喝多长时间？这就是妈盼了一夜的相聚。给母亲做饭也赶不上给先生做饭的规模，一般是对付着填饱肚子即可。比起母亲，先生毕竟是外人，我该着意行事。这也是母亲的家教，自己家里怎么苦，也不能难为外人。这和曹操宁教我负天下人，莫教天下人负我的理论正好相反。而母亲到底是自己的亲娘，不论怎样，她都不会怪罪我、挑我的理。不但不会怪罪、挑理，甚至千方百计地替我节省每一个铜板。

有一段时间妈老是尿道感染，我觉得十分奇怪。按理说，家里根本不存在诱发尿道感染的条件。后来发现，她小解后根本不用卫生纸，而是用一块小毛巾。我问她："您干吗不用卫生纸，这多脏呀。细菌会在上面繁殖的，难怪您常常尿道感染。"

妈说:"不脏,过几天我就把毛巾煮一煮,消消毒还能用。用纸多浪费呀。"

那时候一卷卫生纸才两毛五分钱,我是说最便宜的那种粗卫生纸。我们家从没用过类似金鱼牌那种细卫生纸。就是这两毛五分钱的粗卫生纸,妈也舍不得用。她老是说:"你那钱赚得多不容易。"

我把小毛巾给扔了:"每天煮一次都不行,您还几天煮一次!以后再不能这么干了。您这么节省难道我就能发财吗?"

从那以后,妈没再尿道感染。可是我又发现,她就是用卫生纸,也是很小的一块。怎么跟她说,她也改不了。

早饭以后,妈就盼着午饭。因为我在准备午饭的时候,就把妈叫到紧连着厨房的小厅里,为的是趁我做午饭不能写文章的时候,和妈多呆一会儿、多说几句话。可是到了七月底,她就是想和我多呆一会儿、多说几句话,也没有那个心力了。只是一味地昏睡。我知道,但凡有一点心力,她都不会舍弃哪怕是几分钟和我相聚的机会。

妈又怕影响我的写作,总是克制着想要守着我呆一会儿的愿望。就连给陪伴她度过许多寂寞时日的猫煮猫食,也要歉歉地、理亏似的打个招呼:"我给猫煮点食儿,不

母亲配眼镜的验光处方和验光费收据，一九九〇年九月影响你吗？"或是："我给猫剁点食儿，就几分钟。"

但是任谁，浪费起我的时间、精力、心血，都慷慨得很。这就是妈和任谁的根本不同。

妈对我那台已然算不上先进的电脑，始终怀着一丝敬畏。有那么两次，就在七月或是八月，她扶着我工作间的门框，远远地站在我和电脑的后面，说："我都不敢往前靠，生怕弄坏了它。"

我把妈拉到电脑跟前，让她看我如何在电脑上操作，以及一通操作后电脑上出现的文字，"干吗不敢往前靠，又不是纸糊的。您瞧，多方便、多清楚啊。"

妈要不能往前靠，谁还能往前靠！只有她，才是最有权利拥有我和我的一切的人。但我始终没有跟她说过这些，总觉得这是无需言表的。加上我一向羞于表示温情，几乎没有对她说过什么温馨的话。现在，一想到那些话可能带给她的满足和快乐，我就追悔无穷。

我不知妈是否真的看到了电脑上的字，但我却听见她说："真好啊！"

我说过，妈这时的视力几乎等于零了。所以，与其说她是在赞叹电脑的种种妙处，不如说她是在为竟然能使用电脑写作的女儿而自豪，是在表达对我的不论是有意识还是无意识地通过各种努力、用各种方式给她争了一口气的感慨。

她总算看到了我怎样在电脑上工作，要是那两次她没有偶然地站在我的身后、没有偶然地看到我在电脑上如何工作的话，我是无论如何也不会想到拉她来看看电脑，就会给她极大的安慰的。

妈出现了重听的现象，还常常听错。

每个月的最后一个星期天，是唐棣必定和我们通话的时间。

唐棣七月二十八号来电话的时候，妈几乎听不出什么了，只是象征性地抱着听筒，全靠事后我给她转述。虽然听不出什么，那她也高兴，毕竟那是她最爱的人的声音。

接着就是小便失禁，多饮多尿。妈自己也奇怪："我怎么这么渴啊！"到现在我好像都能看见她不时从沙发上爬起来，到窗台上去拿杯子喝水的情景。那是一只早期生产的磁化杯，很重。杯身漆着枣红色的冰花漆。

我说："是不是天气太热了？"就买很多西瓜给她吃，但是并不解决问题。

我的耳边现在还常常响起妈那诉之于我的声音，声音里饱含着我一定能把她从病痛里解救出来的信赖。可我辜负了她的信赖，我不但没有把她从病痛里解救出来，她还就此去了。

感觉越来越麻木,感情越来越淡漠……想起一九九〇年七月,我们从美国回来的时候,妈并没有显出过度的悲伤。不像过去,好像再也见不到唐棣似的哭得十分凄惨。我和唐棣当时以为,这是因为她很快会再去美国的缘故。这也许是一个原因,但更可能的是因为妈的垂体瘤,已经发展到相当严重的地步了。

后来就连我和先生在妈病房里争执不休的时候,妈也只是扶着墙默默地躲出病房,站在病房的走廊里等候争执的结束。

妈说话开始颠三倒四……
可我还是没有想到妈病了。

记忆中妈很少生病,或许生了病也不告诉我,而是自己到医院看看了事,她常常是独自面对一切。

比如说一九六六年妈第二次割小肠疝气。

第一次手术是哪一年做的,我记不清楚了,反正是在河南。那时候妈还在郑州第八铁路小学教书,五十岁多一点的样子。难道我没在郑州吗?反正我没能陪她到医院去做那个手术。

那一次手术等于白做,很快就复发了。也难怪,差不多三十年前,一个外省医院,敢割盲肠也就不错了,何况这个手术比割盲肠还复杂一点。

一九六六年妈第二次割小肠疝气的时候，是五十五岁的年龄。按说我们都在北京了，我本应该到医院去照顾她，可是我没有。那时，我正在将功补过地活学活用毛主席著作，争当学习毛主席著作的积极分子，正是爹亲娘亲不如毛主席亲的时候，自然就把妈扔在了一旁。以我当时的"错误"，竟然还当上了学习毛主席著作的积极分子，可以想见我卖命到了什么程度。

也许还因为那时的护士比现在负责，医院也不兴陪住。

我带着三岁的唐棣，有数的几次到医院去看望妈。不但没有给妈送过什么可口的饭菜、水果、甜点，反倒在医院里吃她给我们定的病号饭。我们趴在病房的椅子上，呼哧呼哧吃得很香。我一直记得那顿病号饭，鸡蛋、木耳、黄花、肉片，雪白的富强粉打卤面。那时候，这样的饭，我们觉得好吃得不得了。

而一九八七年我又到欧洲去了，一去就是五个月。回国当天，我就发现妈的脸色黄如表纸，隔壁邻居是位大夫，她悄悄告诉我她的怀疑，根据母亲的脸色，她分析可能得了胰腺癌。

马上带妈去看医生。

那时我们的住处和西苑大旅社只有一墙之隔，可是怎么也叫不到出租汽车。不是说刚刚下了晚班，就是刚刚上班工作还没有派定。想不到偌大的北京，就是找不到一辆可以把妈拉到医院去的汽车。我又不会蹬三轮，就是会蹬，又上哪儿去找一辆三轮板车？人一到急眼的时候，就急出了机灵。我拦住一辆出租车，开口就对他说："我付给你外汇。"这才叫到了车。为了感谢这位终于把母亲拉到医院的司机，我付给了他一张超过几倍车费的外汇券。

北大医院著名的B超专家陈敏华大夫亲自给妈做了B超，排除了胰腺癌的可能。但她肯定地告诉我，妈患了黄疸性肝炎。

我赶紧把妈送进她的合同医院。这一年她七十六岁，我五十岁。到了五十岁我才懂得如何多爱一点自己的妈。这次我打定主意陪她一起住进医院，以便好好照顾她，却又因为她生的是传染病，医院不让陪床。我只好看着母亲一个人住进传染病房。但我每天都去看她，送些有营养的汤水、菜肴。在我有了稿费收入以后，这已经算不了什么，倒是每天到医院为她换洗内裤才是我对她的挚爱。别的衣服都可让阿姨代劳，但妈的内裤得由我亲自动手，因为粪便、体液是传染黄疸性肝炎的一个重要途径，当然不能推给阿姨。我想都没想过给母亲换洗内裤可能会使我传染上黄疸性肝炎，我只想要母亲感到身上清清爽爽、舒舒服服。她不让我这么做，可她管不了我。做完这些，我们就静静地谈一会儿话。我从她那再无所求的脸上看到，何为心满意足。而这点满足，也只在她生病的时候才能得到。我甚至想，妈为此可能还希望自己生病。

就在一九九一年最后这场病中，妈心满意足地说："你看，我每次生病你都恰好赶了回来。"好像我总在她需要我的时候出现在她的身边。她就没想一想，如果我常常守着她，而不是为了这样那样的理由（偏偏不是为了她）跑来跑去常常离开她；或是不自找那许多烦恼，心闲气定地围绕着她，就会及早发现她身体的不适，不等她的病发展到这种地步，就及时治疗了。

我作为她唯一可以依靠的亲人，实在被她依靠得太少了。

现在，妈的照片就在我的电脑旁边放着，我侧过头去，凝视着她。

妈对我仰着头，信赖、期待、有赖我呵护地望着我，也就是这样地把她的后半辈子交给了我。我在接受了妈的后半辈子以后，又是怎样对待为我把全身的劲儿都使光了的妈呢？

妈碰上我这么一个不尽责任、不懂得照顾她的女儿，实在是她所有不幸之外的又一个不幸。

一天吃午饭的时候，我往妈脸上不经意地看了一眼，突然发现她的脸走了形。

妈那慈祥的、不长不方、挑不出任何遗憾的脸，突然让我感到窄长、歪斜，而又并非是真正的度量变化；两眼发直、发死；脸上的肌肉僵硬地绷着，放出一种不正常的光亮。

我心里一惊。

一九七六年，在报纸上看到老人家接见马耳他首脑的照片，我就有过这样的直觉，结果没过四个月老人家就离开了人世。

我这才想，妈的昏睡、声音嘶哑、重听、干渴、多饮多尿、大便干结、小便失禁、没有食欲、感情淡漠、反应迟钝、语无伦次、视力几乎为零、迅速得让人吃惊的衰老……可能都是病态。

到底是什么病？

其他的病不会有，凡是B超能检查的地方都检查过了，要是有病，就可能是脑子里的病。

一九八六年的时候，因为妈的嘴角常有口水渗出，我就猜想过她的脑血管可能有问题。带她到宣武医院做过一系列的检查，结果什么问题也没有查出来。不但没有查出问题，给她做什么光栅检查的大夫还说她反应极快，由此说明她的身体极好。但我心中的疑虑还是没能化解——妈为什么会渗口水？

一九九〇年我们从美国回来后，通过市政协王毅同志的帮助，找到协和医院的中医顾问、北京市政协副主席、著名中医祝谌予大夫给妈看病。我以为对轻度的、西医也许查不出的脑血管方面的疾病，中医还是相当有经验的。此外我还想通过中医中药，把妈的身体调养得壮实一些。

等到自己渐渐地将很多事情看得淡漠，懂得了只有妈的爱，才是这个世界上最真实、最可宝贵的以后，便对未来的生活有了更平实的想法，那就是让妈快快活活地多活几年。她能活着，就是我的幸福。

首先想到的是一九九二年再带妈到美国和唐棣团聚。同时我还决定，今后不论再去哪个国家，只要超过三个月，一定带上妈。既然一九八七年去奥地利访问带了先生，以后为什么不能带妈？更不要说是参加国内的各种笔会。这就要求妈有一个较为硬朗的身体才行。

祝大夫一搭脉，就说了一句让我心疼的话："老太太把全身的劲都使光啦！"此外，关于母亲的病情，他再没有说出什么。

祝大夫的这句话，既道出了妈的病根，也道出了妈的一生。是不是他那时就看出妈已是灯油耗尽，不论谁、不论什么办法，都回天无力了。我也永远忘不了那间屋子里的灯光，突然间就昏暗得让人心无抓挠。

我没敢搭腔，更不敢让大夫再说个仔细，我怕妈会想起她一生中许许多多、桩桩件件都得豁出全身的劲儿去对付的事情。可是妈却淡淡的，像是没有听见的样子。对于

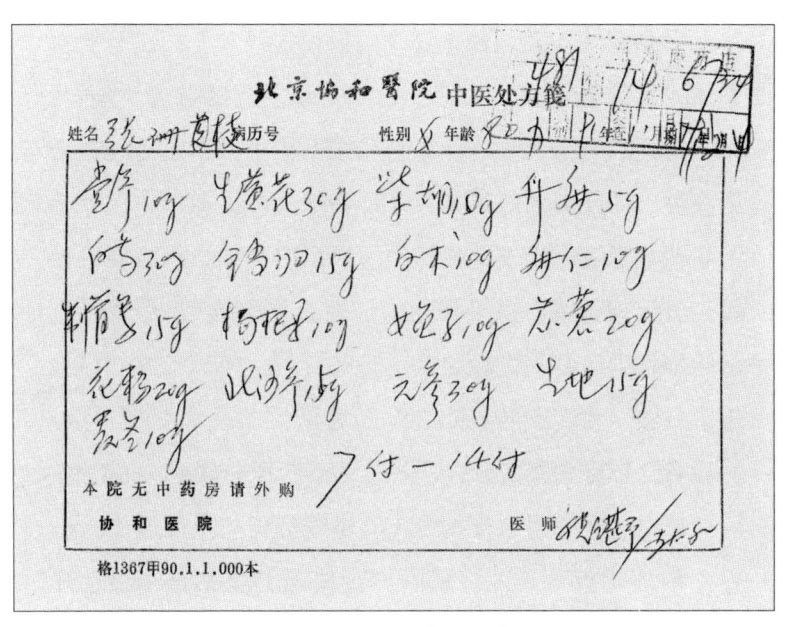

祝谌予大夫给母亲开的药方

把她全身的劲儿都耗光了的往事，她已撒手，不再追念。

药，从一九九〇年冬吃到一九九一年春，口水还是照样地渗。二月二十六号我又带妈到北大医院做了脑部的CT检查，虽然还是没查出为什么流口水，但却查出她有脑垂体瘤，这才明白她的视力衰退不仅仅是白内障的原因。不过医生说，一个八十岁的老人，就不必做切除手术了。充其量，垂体瘤发展到最后影响的不过是人体的身高、视力以及内分泌。更何况这种瘤子发展得很慢，也许老人等不到情况最坏的那一天了。

后来我才知道，他把这个病说得太简单了。内分泌对人体的影响重大。

他建议再给妈做一个加强的CT检查，不过这种检查要注射一种针剂，以使图像更加清晰。

我当然没有把垂体瘤以及需要进一步检查的事告诉妈。我只对她说，由于护士的疏忽，上次做CT检查时忘记给她注射一种使图像更为清晰的针剂，所以前次的检查等于白做，我们还得重新再做一次。

我这样欺骗妈的时候，却忘记了这样一件事：

二月二十六号我带妈做CT检查那天，见前面的人检查之前都先打一针，我就问护士使用的是不是一次性针头。护士说不是一次性针头，使用一次性针头要多花钱。我说多花钱就多花钱。护士说，多花钱也没有。我正为这多花钱也没有的一次性针头发愁，怕多次性针头消毒不严再给妈传染上什么病的时候，护士又说妈的检查不必打针。我问为什么不必打针，护士说，那种针剂对老人和儿童有危险。

显然妈听见了，也记住了，倒是我忘记了。

尽管后来检查室的大夫给我开了专为老人和儿童使用的比较安全的针剂处方，妈也不肯再做进一步的检查。加上医生对垂体瘤的影响的化险为夷、化有为无的分析，这件事就放了下来，也可以说是耽误下来。

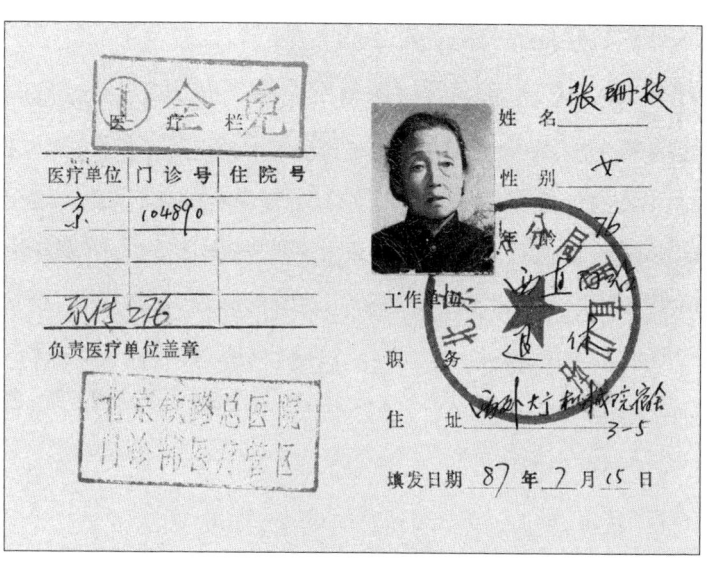

母亲的公费医疗证

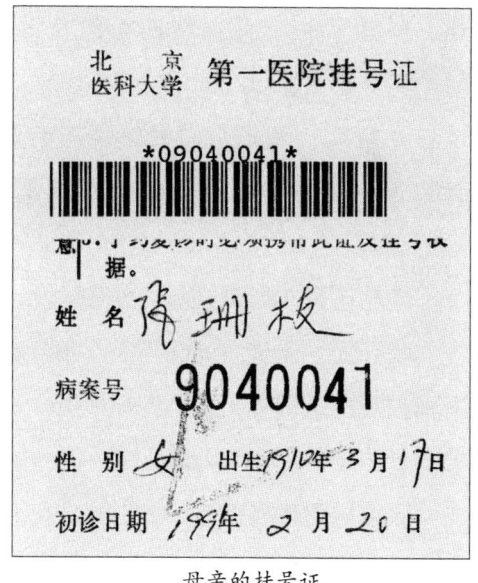

母亲的挂号证

世界上最疼我的那个人去了　　25

直到我发现妈的脸走了形,才想到那位医生的话不一定可靠。这次不管妈愿意还是不愿意,我一定要把她的病查清楚。

我通过先生的关系,找到一位脑神经内科专家。他一看妈的CT片子,就说妈的垂体瘤已经很大了,必须赶快就诊。同时他又指出妈的大脑也萎缩得相当厉害。

我问他脑萎缩可能引起的后果,他说:"无神志、痴呆、六亲不认,和植物人差不多等等……"

"还有救吗?"

"垂体瘤还可以手术,脑萎缩是毫无办法的事了。"

那一瞬间,像我每每遇到天塌地陷的非常情况一样,耳边响起一种嗖嗖的音响,像时光在流逝、像江河的奔泻。我一直没有认真想过,为什么会是这样?现在我懂了,那是上帝给予我的一种能力。我听见的,其实是一个暗示:人世是一个既不可拒绝,也不可挽留的过程。

大势已去,眼前只剩一盘残局。

我无助、无望,而又无奈。这一拳出手又快又狠,一下就把我打趴下了。可是我只趴了一会儿就站起来了。我折腾了一辈子,从不认命。

我请求这位专家进一步的指点,他介绍我到天坛医院去找全国脑外科专家赵雅度先生。赵大夫看了CT片子后,让我赶快带着妈去做核磁共振，以便更准确地了解病情。那时我才知道，除了加强的 CT 检查，还有这种不会对老年人造成伤害的检查。我除了责怪自己没有全力以赴，为查清妈的病情想方设法之外，也后悔我过于相信北大医院那位医生的话，没有把垂体瘤对妈身体的危害考虑得那么严重。

我深感自己生活经验的不足，更感到身边没有一个不说是全力以赴，哪怕是略尽人意的帮手。

在这大难临头的时刻，我只有单枪匹马、心慌意乱地硬着头皮上了。

赵大夫指点迷津说，做核磁共振有两个去处，三〇一医院和博爱康复中心。

先去了永定门外的博爱康复中心，联系的结果是一个月以后才能排到我们头上，据说这已经是很快的速度了。我如何可以等到那个时候？

铁路总医院的周东大夫很是帮忙，三天之内就帮我们找了一个机会。八月二十三号，星期五，在铁道兵总指挥部医院做了核磁共振的检查。

那天早晨，我和妈在楼下等先生的汽车。妈穿了一件蓝色砂洗的丝绸上衣，一条深灰色的柞绸裤。天气很热，我们站在楼阴底下。

因为少有坐轿车的机会，妈一直没有学会如何上小轿车。加之一九八七年得过黄疸性肝炎以后,腿脚已然显出老年人的僵直,扶她上车是不大容易的事。车门那里空间有限,我只能站在她的身后,尽力将她连推带托地挪进汽车。

在铁道兵总指挥部医院,妈曾想去厕所方便。可是医院的厕所没有坐桶,只有蹲坑,妈怎么也蹲不下去。我扶着她,甚至架着她,她的腿还是抖得不行。最后她紧张地说:"算了,不解了。"

我很发愁,这样凑合怎么行。好在妈并没有不适的样子。

一般来说,妈出门之前总是先上厕所,倒不是生理需要,而是有备无患的意思。这次要上厕所可能是为了准备做那长时间的检查。

本以为上午就可以顺利做完检查,可是中途停电,不能做了。医生让我们下午再来。

幸亏有先生的司机帮忙,否则那样偏远而又交通不便的地方,光出租汽车费就是一笔不小的开销。

回到家里已近中午,我赶紧做了一顿简单的午饭草草吃下。吃完午饭,时间也就到了。还是妈先到厨房来叫我,那时我刚刚收拾完厨房。想来妈根本就没有休息。她怎能静下心来休息!见我每日里活动得如此紧迫,她大概也猜到事情不妙。

到了医院还是等。检查进行得很慢,每个病人的检查,差不多都需要一个多小时。天气又热,铁道兵总指挥部医院简直没有什么树荫可以在下面停车。我不过意让先生的司机久等，就请他先回家休息，等妈做完检查再打电话给他。

下午五点钟左右才轮到我们，我搀着妈进了检查室。检查床并不很高，但我知道妈是上不去的。我用尽全力托着她，她还是迈不上检查床。幸好下面等做检查的一位男士和他妻子帮忙，一起把妈抬上了检查床。连我一共三个人，还觉得相当吃力。妈自己也纳闷儿："我怎么这么沉呢？"

我假装没有听见她的话，躲避着她的话茬儿，也躲避着这句话的晦气，不然我又如何回答她？这是一种闭着眼睛不看就算不存在的自欺，同时也是欺骗妈。我们都知道，按照民间的说法，病人身体发沉是不吉利的表征。

我留在检查室里照看妈，她好像睡着了。有时她的手一颤一颤地想动，我赶紧提醒她："妈，别动。"她听见了我的叮咛，果然就不动。这又说明她没有睡着。

做完检查差不多六点半了，总算中途没有停电让我们再来一次。

之后我给先生的司机打了电话。回家的路上，他绕过公主坟的灯光喷泉，我振作精神，好像什么让人心焦的事情也没有，一再鼓动妈去欣赏她没有见过的景观，可是妈没有显出什么兴致。到了这种时候，我还能指望妈对这个纷繁的，也许和她已经无关的世界有什么兴致吗？

可能就是从这一天起，我和妈都英勇地打起精神，准备扮演一个明知凶多吉少，却要显出对前途充满乐观精神的角色。

回到家里，已是暮色苍茫，八点多钟了。下车以后，妈没有让我搀扶，她说："你去开门吧，我自己上楼。"我噔噔地跑上楼去，开了门后又下来接她。那时，她刚上了二楼的大阳台，慢慢地、小心翼翼地走着，看上去和一般的老年人没有什么两样。但她的脚步里藏着勉强和虚浮，我觉得哪怕来一阵小风，她一歪就会躺下。也许因为天色已晚，她的脸色看上去灰暗暗的。

八月二十五号，八月里最后的一个星期天，又到了唐棣和我们通话的日子。过去每到这个日子，妈总是早早地就守在电话机旁，但是这一次，她却身不由己地睡着了。

电话铃响起来的时候，我在另一个电话机里听见她同昏睡的挣扎。

虽然妈什么也听不见了，但能听见唐棣的声音。这对她也是莫大的安慰，特别是在她就要住进医院的前夕。

还没听唐棣说上两句话，妈就要上厕所。我趁这个空当儿,赶快把妈的病情对唐棣说了说。那时还没到要动手术的最后时刻,惨痛的打击还只是一团不明的氤氲之气,没有形成具体的形状,更没有进入心的深处。我虽然十分焦虑,却知道不能吓着唐棣,免得她因为远在他乡、鞭长莫及而干着急。再者,就是我对她说得一清二楚,对事情又有什么帮助?她还太嫩,没有经历过这样的事。虽然我们都没有经历过这样的事,可我毕竟是母亲,我不也心疼她吗?!

这一次通话,妈真是什么也听不见了。她急得高声说道:"书包,你大声叫一声姥姥。"

唐棣大叫了一声:"姥姥!"

妈朗朗地应了一声:"哎!"

想不到,这就是妈和她最爱的人,最后一次、最后一句对话了。

我相信冥冥之中,绝对有人为妈和唐棣安排了这个最后的机会。不论他是人、是鬼、是神,都会为妈对我们的爱所感动。

八月二十六号,星期一。我到铁道兵总指挥部医院去拿核磁共振的检查结果,然后再到天坛医院去找赵雅度大夫。他看了核磁共振的检查结果,意见是尽快手术。

我不知道最后是否按他的意见办事,但我知道应该先住进医院。

我不曾考虑过在妈的合同医院手术，尽管合同医院的

母亲的CT检查报告，一九九一年八月二十四日

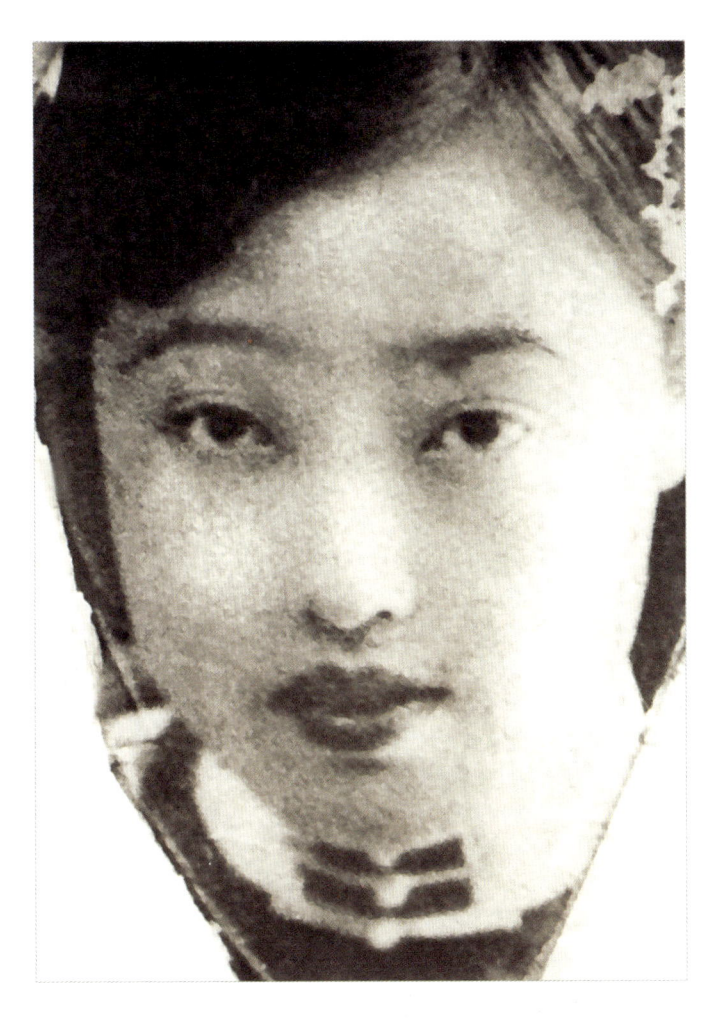

母亲婚后三天。一九三五年春

母亲。一九四一年,柳州

外科主任说他们能做这种手术,而且有四百多例手术经验,我还是不放心由他来做。

他对妈脑萎缩的前景推断更吓得我满头虚汗,两腿发软。他说,就他所见到过的几个病例,发展到后期病人不但六亲不认,甚至吃自己的粪便,有一个还专门捡食垃圾等等。而垂体瘤的切除手术,据他说还会加剧脑萎缩的进程。

多亏宋汎同志帮忙,通过北京市委出面疏通天坛医院的关系,不然像这样人满为患的专科医院,还不知要等到哪一天才能住进去。

八月三十号,星期五。一大早,谌容陪我到了天坛医院,在医院党委书记带领下到了综合二病房,也就是高干病房。和病房的主任大夫朱毅然讨论了妈的病情,定好九月二号入院。

之后,又和谌容回到北京作协,暂借一万元人民币作为入院押金。唐棣的钱即使马上汇来也不能提取,美金汇款一定要在银行里压三个月才能兑现。

北京作协这样一个穷单位,上哪儿去拨一万元现款?幸好基建处当时有一部分为安装新宿舍楼电话准备的现款,经徐天立同志特批暂借给我。

妈去世后,我听对门邻居俞大姐说,星期天,也就是九月一号这一天，妈给她打过一个电话，说："我想见见你，跟你告告别。明天就要住院了，这一去不知道还能不能再见。"想不到后来果真一语成谶。

俞大姐放下电话赶紧过来看妈。妈倒没有什么悲戚之情，俞大姐劝慰妈："您别这么说，很快就会好的。"

妈自己也说："我这是小手术。"

俞大姐又问起我们要搬去的新房子，妈说："挺好的。"

俞大姐问："您去看过了吗？"

妈说："没有，等我手术完了就直接搬进去了。"

那时我刚刚换到新房子，我老是想，等我把新房子装修完毕，再带妈去看房子。这样会与旧房子有个强烈的对比，可以给她一个惊喜。后来我一直后悔没有带妈看过新房子，虽然她的骨灰就放在我新房子的卧室里，我仍然会想，要是她的灵魂想回家看看，不认识路怎么办？

奇怪的是，自妈去世后很难入睡的我，突然在一九九二年三月十一号，妈八十一岁生日那天早晨七点多钟的时候打了个小盹儿，梦见我牵着妈的手，进了新家的大门，然后就给她脱下住在二里沟的时候她常穿的那件蓝色皮猴，挂到二门外的衣架上去。刚要拉着她走进二门，我就醒了。我想，妈到底还是回到新家来了。不过我又想，她没进二门我就醒了，到底来了还是没来呢？

妈像了却最后的心事，周到地对俞大姐表示感谢："张洁太累，太苦了。我尽量不麻烦她，有什么事净找你们帮忙了。"

这话千真万确。

不到山穷水尽的时候，妈从不愿意求人什么、欠人什么。可是为了疼我，她也只好硬着头皮干她不愿意干的事了。

这些年我常常不在国内，即使在国内，也经常是忙着照顾我的先生，常常苦于没有分身之术。特别在我们从美国回来以后，我对先生的照料更是鞠躬尽瘁。总觉得我和妈在美国尽享天伦之乐，先生却孤守北京，似乎很对不起他，便想加倍偿还这份心债。更何况我还欠着先生的大情，妈能如愿以偿地去美国和唐棣团聚，全仗先生办理一切手续。如果没有先生的帮助，妈很难如愿以偿。

如此，每当我不在身边，又发生了小阿姨也解决不了的问题的时候，妈总是求靠邻居。幸亏我老是碰见好邻居。

妈无法回报人家的情义，往往在我出国或去外地时开列清单一张，要求我按清单携带礼品，以答谢大家的帮助。

我也同样欠着一屁股的人情债。自我再婚以后，妈自知之明地不再操持家务，我就成了一家之主。何为一家之主？就是样样都得操心，样样都得操练。开门要是真的只有油、盐、柴、米之类的七件事，也太便宜我了。

到底哪些事？不说也罢。先生又是动过心脏手术的人，怎能让他劳顿？而那桩桩件件，总有我也无能为力的时候。我照样得求人，日子才能如常地过下去，所以我也有一个单子。这就使我在回程的时候像个驮礼品的驴子。我就向妈抱怨，甚至嫌妈事多，摆出一副被她添了麻烦的嘴脸。也不想想，那些原该是我干的事，我却没干，妈只好求人。求了别人，回过头来还得求我。妈好难！

俞大姐说："没事，有什么事您尽管说。"

妈又说："张洁这个人刀子嘴、豆腐心，净得罪人。以后你们多劝劝她，让她说话注意点。"

妈好像知道自己要走了，再也无法呵护我了，不知把我这个永远也长不大，老是让人坑、让她操心的老孩子托付给谁才好。

九月二号，星期一。小阿姨和我送妈去住院。

临行前妈问我穿什么衣服，我拿出她银灰色的毛涤裤子，灰色丝织背心（虽然谁也看不见谁里面穿了什么，我还是喜欢配色），灰蓝色细条纹格子的米色衬衣，蓝色软羊皮的浅口皮鞋。我深知妈不论什么时候都讲究体面。连我自己也挑了一件略具意大利风格的连衣裙和一双白色的、适合跑路的低跟皮鞋。暗暗地希望这件讲究的连衣裙，在注重包装的现而今，给我一些办事的方便。但我这份可怜的用心，根本没有派上用场，照样得豁出脸面磕头作揖，使出九牛二虎之力，连衣裙上也就浸着我的许多汗水。这件连衣裙到现在也没有洗过，我就这样收着它，好像收着与妈相关的最后一点可以摸得着的东西。

那件衬衣妈一次也没有穿过。

从美国回来以后，着实给妈做了一些衣服。因为我们发现，不论在中国还是在美国，老年人很不容易买到称心的衣服。妈到美国之前在电话里问我，应该带些什么衣服。考虑到我不在她身边，而是托朋友把她带来美国，她自己能安全抵达就不错了，不敢让她再有别的负担，便豪迈地说："什么也不要带，衣服到了美国再买。您就背个包，里面装上您的护照、机票就行了。"

妈也多次对我说："进关的时候那个美国人上上下下打量我，挺奇怪地问我，你就带这一个小皮包，没带任何衣物？我说，是呀，我外孙女怕我旅途不便，不让我带。到那儿以后，我外孙女给我买新的。"她的意思并不在于在什么地方买衣服，而在于所有的旅客中，没有一个人能像她那样享有外孙女的这份体贴。这可不就是对她一生的最好报偿？

没想到在美国去了几次商店，也没有选到对她合适的衣着，妈只好跟着我们一起穿球鞋、运动服。为此，我始终觉得自己说话不兑现，好像欺骗了她。不仅如此，由于我的不兑现，她在进关时说的那些话，似乎就变成了吹嘘（尽管她此生大概再也不会见到那个海关人员）。因此上，她为之炫耀不已的亲情似乎也只是她的一厢情愿。这岂不是更惨？

所以一回国我就张罗着给妈做衣服。城里的大缝纫店，是不会接受老年人的活的，而妈进城量体裁衣也不方便，只好就近在个体户的缝纫店里量体裁衣。个体裁缝大都没有受过正规训练，做出的成衣非长即短、非瘦即肥，且手工粗糙。还赶不上穷困潦倒的时候，我为她手缝的那些衣服合体。

我写小说以后，妈几次让我给她裁剪衬衣，我不是今天推明天，就是明天推后天，到了也没给她裁过。后来检点妈的衣物，发现一件绸衬衣的两侧，有圆珠笔的划线。沿着这两条划线，是两道歪歪扭扭的手针缝线。可能那件衬衣肥得让妈实在无法将就，只好自己动手把它缝瘦。妈的视力不好，只能缝出这样的针脚。

我真是太委屈妈了。

妈入院时穿的这套衣服，我收了起来。将来，不管由谁来给我装殓，千万给我穿上，不管春夏，无论秋冬。还有一件蓝色海军呢的长大衣，和一条纯毛的苏式彩条围巾，是一九五八年我念大学的时候，当小学教员的妈给我买的。

以我们家当时的经济情况而言，花费这笔开销可谓惊天动地的壮举。

为了我，妈就是倾家荡产也不会有半点犹豫。

我猜想妈之所以给我置办这套行头，可能觉得我已到了谈情说爱的年龄，老穿补丁衣服去会男朋友怎么行？可见她对可能加盟我们这个家庭的成员抱着何等美好的愿望。她的这份心意，难道不也是为着那一个人的么？我的傻妈！

任何一个母亲，一旦到了自己的儿女谈情说爱的时候，这辈子似乎就算过去了。

从此妈更没有穿过像样的衣服。后来我有了经济能力，却没能像她考虑如何装扮我那样尽心考虑过如何装扮她自己。其实一个女人，不管老到什么地步，也不会忘情此道。

那是我一生中第一次得到的最贵重的衣物。也是一生中唯一一次不是自己花钱买的最贵重的衣物。

给我办丧事的朋友，请你们记住，这件大衣和这条围巾到时候也要给我戴上穿好。我要把妈给我的爱一点不剩的全都带走。

至此，我已将后事交代完了。

先生的司机李志达送我们到天坛医院。本以为经过上周五的联系，就能顺利地办好住院手续。没想到医务处说有钱也不行，非得有局级干部的蓝色医疗卡才能住进高干病房。不知高干病房里住的那些港澳同胞是不是都有蓝色医疗卡？

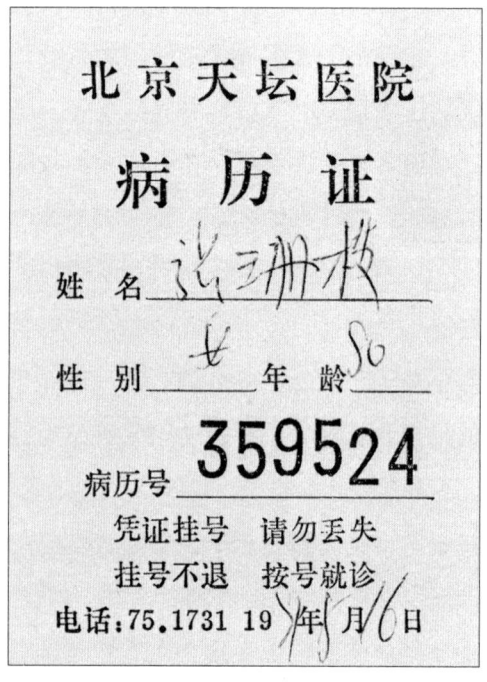

母亲在天坛医院的病历证

母亲在天坛医院的CT病历号

妈怎么好住室内没有厕所间的大病房呢？那她只好上病房的公厕。公厕里没有坐桶，她又不能蹲，也许还免不了排队等候，她的病情越来越重，对厕所的依赖也越来越大。没有一个可供她随时使用，不受时间限制的厕所怎么行？再说，大病房里有我陪住的地方吗？妈离了人是不行的。

我便楼上楼下地找人疏通关系。妈坐在高干门诊室外的轮椅上，病恹恹地、愁容满面地看着我跑上跑下地奔忙。心疼地对小阿姨说："你阿姨还算有点地位的人，办起来还这么难。没地位的人怎么办？住个医院真难哪，把你张阿姨累坏了。"

整整跑了一个上午，到十一点多钟，总算住进了综合二病房十六床。

妈病重以后更加尿频，可是那个上午，她一次也没有提出去厕所的要求。过后我问她一个上午没上厕所有没有困难？她说没有。肯定是她见我当时那样为难，不忍再给我添乱。为了心疼我，她就连这个也能忍。

虽说是高干病房，洗澡间还是很脏。想到妈走路已经必得扶墙，而厕所的墙上，洒着很多令人可疑的斑点。上面有没有细菌？会不会让妈传染上别的病？同时我也怕妈会蹭一手脏。把妈安顿好之后，第一件事就是打扫厕所。根据妈扶墙时可能触到的高度，先把那一圈墙面，还有洗脸盆、洗澡盆擦洗干净。留下其他的地方，等我歇过劲儿来再慢慢地擦。

谁能想到入院费了那么多的时间，住进病房已是开过午饭的时间。我没敢麻烦护士为我们备饭，就是对晚饭也没敢寄希望，因为病房里的饭一般说来都是两天前预定的，临时加餐，恐怕也是强人所难。这一天只好先用点心对付过去。

刚住进医院的时候，妈一大早就起床，把被子叠好，然后就坐到房间里的那把太师椅上去。她一辈子拘谨，自律极严。病成那个样子，还想着医院不是自己的家，凡在不是自己家的地方，就习惯地克制着自己，居然可以做到不昏睡。朋友们来探望她的时候，她还问我："我怎么办？坐在沙发上还是怎么的？"

我说："您当然躺着，您是病人，怎么舒服怎么着。"

妈这才像在家那样，躺到病床上去。

陪妈住院以后，因为老是在她身边转来转去，就嗅到她身上有股没洗净的汗味。我才想到，靠小阿姨给她洗澡是靠不住的。可见其他方面托靠小阿姨的结果大概都是如此，我更加为自己把妈大撒手地撂给小阿姨就走而内疚。

我一嗅到这股味道就下了决心，我对妈说："以后我再也不让小阿姨给您洗澡了，我给您洗。"

妈好像很满意这个安排，从这个安排中她大概感受到了人们常说的那种"老来福"。以后，小阿姨再要给她洗澡的时候，她也不说不让她洗，她说："等你阿姨给我洗吧。"

给妈洗澡，是我们共同的享受。每当我洗出一个干干净净、清清爽爽的妈，给她擦干净身上的水，换上干净的衣服，我就感到一种宁静的愉悦。

趁着这个日夜相守的机会，料理了平日早该为她料理，却没有认真料理的一些琐事。比如更换内裤上已经失去弹性的松紧带；按照"脚垫净"上的说明，为她治疗脚垫等等。

手术后妈奇怪地问："我的脚怎么不疼了？"

过去妈一走路脚垫就硌得她脚疼，这回我严格按照说明书上的用法，按时给她贴药换药，她的脚垫果然一天比一天小，最后竟完全消失了。

我本来以为妈的脚垫是治不好的，因为在美国的时候也曾用美国治脚垫的药给她进行过治疗，却没有什么效果。现在家里还留着妈那时没有用完的药，和她的一些遗物放在一起。

看来不是治不好，而是没有认真治，让妈的脚白白受了多年的罪。

我不能说美国的药不灵，只能说中国人的脚垫和西方人的脚垫可能大不相同。他们走的是什么路，我们，以及我们的母亲走的是什么路？他们的脚遭过什么样的罪，我们的脚又遭过什么样的罪？他们的医生只能根据他们的脚设计适合他们的药，他们的医生怎么能理解我们的脚有过什么样的遭遇？既然不能，怎么能指望他们研制的药能治好我们的脚垫？

我平时从没有拿出过这么多时间陪妈，只有在妈病成这个样子的时候，才想到好好守着她，以为这就能守住以前不曾好好守过的妈。只是，晚了！

等到妈无时不在盼望的，可以和我日夜厮守的时候来了，她却抑制不住地昏睡。住院以后，每天只有吃过晚饭到七点多钟的两个多小时是清醒的。

妈不但昏睡，对身边的事物有时也不大清楚了。老是把医院说成学校，把大夫说成老师，还把我们的病房说成是家里的客厅。我想这是因为她做了一辈子教师的缘故。她好像知道自己的意识已经不甚清楚，就更加反复地说到医院和大夫，而一旦出口，却又变成学校和老师。可是我不能纠正她，我不愿向她证实她心中的疑惑。

只有她对我们的爱，是永远清醒着的。

即使妈的生命到了靠这最后的孤注一掷，来决定生死存亡的关头，也还在为我着想。

朱毅然主任打算再给妈做一次核磁共振的时候，她掉泪了，瘪着嘴说："又要为我花钱了。"

再一次掉泪，是因为听说我向机关借了一万块钱付医院的押金。妈说:"为了给我治病,你都倾家荡产了。"

那时妈虚弱得几乎哭不动了,恸到深处,也只能滴几滴清泪。

那几滴衰老的泪,挂在妈那被疾病折磨得变了样的脸上,让我倍感伤情。我强作欢颜地说:"瞧您说的!何至于倾家荡产?您又发挥您的想象力了,我看您才应该当作家呢。再说了,买条命才一万块钱,比买间房子便宜多了。我现在为您花的钱,怎么能抵得上您当初吃糠咽菜、等于乞讨为生,拉扯我长大时花的哪怕是一分钱!更不用说您每月还有一百六十多块钱的退休养老金呢,您根本花不着我们的钱。"

这可以说是妈一生中的最后两次流泪。从此,到她清清明明地知道她在这个世界上已经没有几日可以盘桓,并且不动声色地独自怀揣着这个惨痛的隐秘走完她最后的人生时,妈再也没有流过泪。

入院初始不过是做各种检查,检查结果是各部器官都没有问题。我那时很乐观,妈也很乐观,以为不过就是垂体瘤的问题,只要扛过手术,我们还会有不算短的一段好日子。我还得寸进尺地想,经过这次手术,消灭了这个隐患,她的身体可能会更好一些。

医院里晚饭吃得比较早,通常是下午五点钟就开饭了。

我们虽然自己弄着吃，但也遵守这个规矩。吃过晚饭，我就搀着妈在病房的走廊里散步。

病到那个地步，并且眼看就要上生死难卜的手术台了，妈却没有流露半点我要安慰、开导她的悲戚和惶恐。有好几次，她甚至甩开我搀扶她的手，自己甩开膀子做正步走。我捧场地说："妈还真行。"

听我这样说，妈浅浅地、亦庄亦谐、有些调皮地笑笑。说："念小学的时候，老师就是教我们这样正步走。"

那一阵，或者从那时开始，不，也许是从一九八七年妈得甲型肝炎后，我觉得我变成了妈的妈，而妈变成了我的孩子。

这期间，我曾寄希望于妈的垂体瘤会像大夫期望的那样，属于密鲁素瘤。那就不必手术，有一种进口的针剂就可治愈。可化验的结果偏偏不是。真是天绝我了。

主任大夫拿了妈的核磁共振片子，请王忠诚院长看过。王院长认为从病情出发，是非手术不可了。

从核磁共振的片子上还看出，妈的神经中枢上有一个小囊肿，这可能就是她经常渗口水的原因。但医生表示，这个囊肿没有办法解决。或即使有办法，也太危险。仅仅为了解决渗口水的问题，没有必要冒那个险。

九月十六号，星期一。大夫酝酿了很久，我也期待了很久的最后方案终于出台了。

下午近四点钟的时候,神经外科主任罗世祺找我谈话。

他开门见山地说:"不论从你母亲的病情、年龄、身体状况,或从手术准备情况来说,都是你母亲的最后一次机会了。但以她八十岁的高龄来说,很可能下不了手术台。"

我说:"从我母亲入院后的一系列检查来看,她身体各部器官的功能不是很好吗?平时身体也不错,没有生过什么病。一九八七年得过一次黄疸性肝炎,治疗了一个多月各项指标就恢复了正常,比很多年轻人恢复得都快、都好。"

他说:"这不等于她经得起手术的打击,谁也不知道手术中会出现什么问题。年轻人比较容易经得起手术的打击,老年人就很难说了。所以我们一般不考虑接受八十岁以上老人的手术。"

我那时候根本不懂什么是"手术的打击",以为就是手术中的硬伤而已。只要有一位高明的主刀大夫,又有适当的麻醉,还有什么经得起经不起的问题呢?没想到后来果然如他所料。

他又说:"老人的脑子,软得都像嫩豆腐了。手术中需要把额页托起,这一托,也许就能把脑子压出窟窿。"

"麻醉这一关也很难过,很可能就醒不过来了。抬起额页的时候,也可能对大脑造成损伤,手术完了人也许就没意识了……当然，在脑外科手术中，切除垂体瘤手术算是较小的手术，和普通外科手术中胃的部分切除差不多。你要考虑好，如果你坚决要求手术，我们还是可以给她做的。"

我立时心乱如麻："如果不做手术还能坚持多久？"我想到的是妈在这个世界上还有多少日子。

他说："一两个月吧。"我的眼泪唰的一下掉了下来。世界上还有什么打击比这更为沉重？当你知道你所挚爱的人还有两个月就要与你诀别的时候。

妈去世后我多次向他探询可能造成妈猝死的原因，在一次谈话中才知道他说的"一两个月"指的是妈的视力。

造成这个误会是因为我的怯弱。我听了他的话就被吓住了，连追问一句的勇气也没有：一两个月究竟指的是什么？

既然妈还有一两个月的时间，而手术这条路也许还有希望挽救妈的话，我为什么不背水一战呢？

这个错误的理解，也是我后来下决心手术的原因之一。

我不知道他是不是为了安慰我，又说："也可能是一两年。不过不做手术也没有什么大关系，顶多就是失明。"

当时我并不知道，这是每位大夫在和病人家属谈判手术问题时的套话。这也难怪，见我那样提问，他的回答只

母亲。一九四二年冬

母亲。一九五一年元月二十四日，陕西蔡家坡

能模棱两可。万一手术出了问题，我要是赖上他们怎么得了。

我说："您这么吓唬我，我不敢签字了。"

他问："难道你没有人可以一块儿商量商量吗？"

我说："没有。"

甲戈大夫在一旁说："她只有一个女儿，还在美国。"

我不是没有人可以商量，朋友们，还有先生，都可以提出他们的建议，但是大主意还得我自己拿。

问题是我拿不了这个主意！

我在人世间闯荡了五十四年也从没感到，或者不如说从不在乎的孤独，就在那一刻猛然地袭上我的心头。

就在那一瞬间，我懂得了什么叫孤独！它一上来就把我打得落花流水，让我生出无法抵挡的恐惧。

"看来我只能和她本人讨论这个问题了。"

罗主任说："您怎么可以和病人谈这个问题呢？"

我说："我妈行。"

我不是推卸自己应该承担的责任。事到如今，我不和妈讨论还能和谁讨论？谁让妈生了我这么一个到了这种节骨眼上，还得让她自己来拿主意的女儿呢？我不但不能像一般人那样，在这种时候对病人隐瞒起真情，让病人情绪稳定以利治疗，反倒让她自己拿起笔来，在吉凶难卜的生死簿上给自己画个钩。

我不能老在医生办公室里哭个不休。我得赶快找个地方先把无法收住的眼泪排泄一下，不然我就没法回病房去见妈。我拿起母亲的核磁共振片子，说了声："谢谢大夫。"就走出了医生办公室。

我料到妈会在医生办公室外等我，她若看见我眼睛里的泪水，那就什么都明白了。所以出了医生办公室的门，我头也不回地顺着走廊向综合二病房外走去。我用眼角的余光向后瞥了瞥，果然见妈站在她的病房门口等我。

我没走几步就被妈叫住了。我也曾闪念，是不是应该拔脚就跑。可是那和让她看见我的泪水有什么不同？我只好站住。

妈到底看见了我的眼泪。

回到病房，妈就盘问起医生和我的谈话。

入院后，妈对自己的病情、治疗，一直不闻不问，好像不是她生病一样。是对我的无限信赖吗，把她的性命全权交付给我？或许她明白，探讨这个问题令我痛苦难当？抑或她知道自己的寿数已尽，问又何用？

我无法瞒住任何时候都比我明白的妈，只有照实对她说："不手术也没什么关系，顶多就是失明，我再请一个阿姨专门服侍您。我也可以充当您的眼睛。虽然大夫说在脑手术里这是最简单的手术，只相当于普通外科手术里的切除盲肠，但您的年纪毕竟大了，何必冒这个险呢？"

妈说："别、别、别，我一定要手术。我可不愿意那样活着。你不签字，我自己签去。"

我说："您签字不管事。"

妈说："好孩子，你就听妈这一次话吧。"

妈这样说，我就没辙了。

我一辈子都没听过妈的话，而后来的事实证明，都是我错了。

前不久我还就一生的婚嫁哭着对妈说："妈，我从没有听过您的话，现在证明，都是我错了。"

妈辛酸地劝慰我："事情都过去了，还提它干吗！"

这次该不该听？

既然每一次分歧的结果，都证明不听她的话是我的错，这次就应该听她的话。

可要是这一次偏偏就听错了怎么办？

也许我还是应该坚持不听她的话？

万一又是我错了怎么办？

这真像押宝，不论押在哪一点都险象四伏。

妈说："我自己找大夫去。"到了这种时候，还是妈来充当我们这个家的主心骨。

我拉着妈的手向医生办公室走去。

刚走到医生办公室门口，正巧甲大夫出来，我们便站在走廊里谈话。

妈的手在我的手里剧烈地抖动着，在这抖动的颠簸中我慌乱地迷失了心智。我迷乱地牵着她的手，像牵着一根系在我和妈或是妈和这个世界之间的，不论怎样小心翼翼也难保不会随时飘扬而去的游丝。

身材矮小的妈仰着头对甲大夫说："我不愿意那样活着，我坚决要求手术。"她的声音不大，但头脑清楚、咬字清晰。她从容不迫地安排了自己的结果。就在那一瞬间，我心慌意乱地看了妈一眼。

看上去，妈仍然是一位知深知浅、自尊自爱的老妇人。我什么时候才能像她那样面对人间的万千风景？

妈穿着唐棣在美国给她买的开身黑毛衣，这件毛衣妈去世后唐棣又要了回去，时常穿着御寒。我想她也和我一样，需要寻找一种仍然和姥姥相亲相近的感觉。贴身是一套我们从美国回来后新买的睡衣。要不是因为住在医院，我从家里给她拿什么她只好穿什么的话，这些衣服她还舍不得穿呢。她老是存着、攒着，准备再到美国去看唐棣的时候穿。不过自从她住进医院以后，就再也没有表示过任何意愿。有了一种万事皆空的超脱。

走廊里的灯光如此昏沉，一种离我虽已渺远却永远不会忘怀的、关于灯光的记忆在我心里涌动起来。

我们的苦情为什么老和这种灯光连在一起？现在，它又来了，像过去一样地挤压着我们。在它的挤压下，妈显得更加矮小、苍老，也更显得孤独无援。想必我也亦然。

甲大夫说："我们会考虑本人的意愿。"

妈听了以后，伸出右手和甲大夫握了握，说："谢谢了。从今以后，你就是我的亲人了。"

妈为什么对甲大夫说"从今以后你就是我的亲人了"？是把自身的安危托付给了甲大夫？或是替方寸大乱的我表达对大夫的信任？还是说从此以后，她的命运就紧紧地和甲大夫连在了一起？

甲大夫也动情地说："你也是我的亲人了。"

跟妈一起生活了半个多世纪，常以为妈是胆小怕事的人。从记事起，就老是听见她说："小声点儿，小声点儿，别让人家听见。"到了生死关头，却见到了妈那不为人知，甚至也不为我知的大勇。

妈去世后，小阿姨对我说，手术前她问过妈："姥姥，做手术您怕不怕？"

妈无所谓地说："不怕，一点儿也不怕，是死是活由命了。"

这真是个太不懂人情世故的提问。她怎么能这样问妈！

我从来不敢、不忍问妈一句怕不怕，也不敢就此抚慰妈一句话。我怕那会给妈增加更多的压力。懵懂中我还觉得,这样避而不谈似乎就可以躲过这场大祸,可我还是没能躲过。

其实妈对疾病还是相当恐惧的。记得有一年她得了食道炎,她总以为得的是食道癌。在等待进一步检查确诊的时候,每天晚上等大家睡下后,就悄悄地坐起来拿块馒头一口口地嚼咽,以试验她的食道是否已经堵塞。她永远都不知道,我是如何用棉被捂着自己的呜咽,看她坐在黑暗中一口一口吞咽馒头的。

妈对疾病的恐惧倒不是因为贪生怕死,更不是留恋人间的荣华富贵。我们的生活何曾荣华富贵?一九四九年以后算是有饭吃了,但也只是吃了三十年社会主义的咸菜,直到我有了稿费收入,生活方才有所改善。如此,她已经心满意足。特别在搬到西坝河以后,暖气烧得很热,不像在二里沟,一到冬天,房间里冷得连毛衣、毛裤、棉袄、棉裤、大衣、围巾、口罩都得穿齐戴好,那还冻得妈浑身直抖。她不止一次拉着胡容参观西坝河的房子,说:"你看多好啊,比起过去的生活,真是天上地下了。"

妈只是不放心把我一个人丢下。她老说:"我不能死,我死了你怎么办呢?"

妈深知我在各方面对她的依傍,没有了她,我在这个世界上还有什么可依靠的呢？在我漫长而又短促的一生里，不论谁给我的支撑，都不能像她那样的穷其所有，都不能像她那样无时无刻不在我的左右。

妈是为了我才分外爱惜生命，恐惧疾病的呀。

当时我仅仅以为妈是怕我为难，以她老迈的有病之身，自己承担了自己手术的责任。

其实妈坚决要求手术还有无法衡量的大爱在里面——一旦她觉得再不能呵护我，不但不能呵护，反过来还可能成为我的累赘的时候，就宁肯冒着下不了手术台的危险，也不愿那样活着连累我。

回到病房以后，我趴在妈的膝上，再也忍不住地大哭起来。她一动不动地坐着，好像没有听见一样，似乎又进入了精神麻木的状态。我还暗暗地想，幸亏她的精神已渐麻木，否则这生离死别的痛苦给她的刺激就太大了。

可是手术后的一天妈突然对我说："那天晚上，你哭得我心里好难受啊。"

原来妈心里什么都明白，她不过是强忍着自己的悲伤，免得再增加我的悲伤就是了。

我这一生也算碰到过不少难事，但都没有像让妈接受手术还是不接受手术让我这么作难，这么下不了决心。

为此我将心比心地问过甲大夫和王集生大夫："如果是你们自己的母亲，这种情况下你们是同意还是不同意手术？"

他们的回答都是"不同意"。这更增加了我的犹豫。

天坛医院的老专家陈炳煌教授正好也住在综合二病房，准备做换髋关节的手术。见我急得团团乱转，既无临阵的经验，又无人可以商量，更没人可以帮着拿个主意，很是同情。他看了妈的片子、了解了妈的病情后主动对我说："实话对你说，医生既然肯做手术，就有相当大的把握，否则他是不会同意手术的。哪个大夫愿意病人死在自己的手术台上？当然他要把丑话说到前头，万一将来出了问题，免得病人家属纠缠不休。我的意见你还是签字吧，再不手术你会后悔的。这是你母亲最后一个机会了，现在她的身体条件还好，大夫对她的病情也比较熟悉，罗世祺主任是国内这方面首屈一指的专家。要不是看你这样孝顺母亲、爱母亲，以至让我感动的话，我作为这个医院的大夫，是不该给你出这个主意的。"

我实在并不孝顺，我只是非常爱妈而已。

爱和孝顺是两回事。孝顺除了牺牲、奉献，还有很多技术环节上的问题。

那几天我不断去找陈教授咨询。

"罗主任说，我母亲的脑子已经软得像豆腐了，手术时难免要把脑子托起来,这一托可能就会把脑子托出两个窟窿。"

陈教授说:"一般说脑软化,并不是脑子软了,而恰恰是脑子硬化的意思。怎么能托出两个窟窿呢?再说额页托起的时候,是用垫了很多棉条的板子往起托,而不是用两个手指去托。"

"听说额页托起后会损伤大脑,手术后可能会变成什么意识都没有的植物人?"

陈教授回答说:"两个额页同时托起也许有这种可能,你母亲的手术只需托起一侧额页,而且又是右侧的额页,更不会有那样的危险。"

"要是不手术呢?"

"不手术,最后瘤子会破裂、出血,除了失明还会造成卒中,从而影响生命中枢。那时再到医院急诊为时已晚,碰上一个对她病情不甚了解的值班大夫就更不好办了。她现在的这些病状,实际上就是垂体瘤压迫植物神经造成的后果。"

而罗主任说就是手术成功,也只能解决失明的问题,对解决妈现有的病状毫无意义。她合同医院的外科主任更是说,手术只会加重脑萎缩的症状。

我想他们的意思是,对一个年过八旬的老人来说,好死不如赖活着,何必冒这个风险?医生们又何必为一个已经没有多少时日的老人大动干戈？如果手术失败，甚至还得搭上自己的声誉。

难得陈教授如此直言。

这期间，什么时候听到、想到手术中可能遇到的意外，我随时都去找陈教授咨询。在陈教授的启发、开导、帮助下，直到我这个脑子再想不出什么疑问，才对甲大夫说，我考虑手术。

事实上，对于命运，人如何能考虑周全？人，更不要说我，要是能考虑周全，妈就不会没命了。

决定手术以后，我又开始陪床。我不敢想、又不得不想，也许这就是我和妈最后相聚的时日了。妈入院后每晚差不多要上五六次厕所，而我一旦醒了就难以入睡，各种各样的烦忧立刻又会在我的脑子里频率极快地跳进跳出，所以体力消耗很大，有些晚上不得不让小阿姨来顶替我。

九月十七号，星期二。

吃过晚饭，将近七点钟的样子，妈突然对我说："咱们俩坐一会儿。"

和妈相依为命五十多年，不论情况多么险恶，妈从没有对我这样说过："咱们俩坐一会儿。"

我做出若无其事的样子，把沙发拉到妈坐着的太师椅前，靠着她的膝头坐下，握着她的手，先声夺人地说些使她开心的话题。

"唐棣说她明年结婚，请咱们去参加她的婚礼。我要给您做一套缎子礼服，上身是中式短袄，下身是到脚腕的长裙……"

为了满足妈四世同堂的愿望，本不急着结婚的唐棣决定在一九九二年为姥姥结婚。

虽然我们常常与妈的意见相左，但真到决定大事的时候，基本上还是以她高兴或不高兴为原则。如果她不高兴的事我们勉强做了，总觉得是个缺陷，即使我们得到快乐和幸福，也觉得不完满。

这是妈期待已久的消息，要照过去，妈一定会问长问短，高兴地笑起来。可是这次妈却没有露出丝毫的兴趣。

我又接着热热闹闹地说下去。说着说着，她突然冒出一句："跟前没人了，你要吃得好一点。"

妈不说"谁"跟前没有"谁"了，她也不说"谁死了"，她说"跟前没人了"。

我心里咯噔了一下，明白了这样的时刻，不论我怎样做，都不可能让她不去想那即将到来的背水一战。她想的肯定是她可能下不了手术台，丢下我一个人怎么办？

我体会到了心如刀绞的滋味。我甚至也听见妈的心被慢慢撕裂时的钝响。

很不高雅。在我们的一生中，"吃"几乎是最重的心思和负担。

过去妈老是为我们怎么才能吃饱而忧心，这几乎就是我们家的苦斗史。

所以妈要叮咛的，首先还是这件事。

我和妈也总是为了"吃"而吵架。

我规定妈必须吃的东西，她老是舍不得吃，老想省给我、留给我。就算不是省给我、留给我，也还是省着、留着，直到留坏了、留烂了，她还是留着。

也许是穷惯了。我到现在也不习惯自己和妈、和女儿享受一个水平的待遇。唐棣没有出国以前，这个问题还不突出，反正唐棣是我们共同的重点保护对象。唐棣走后，她就变成了天字第一号，先生是第二号。

回想我这辈子跟妈吵的架，基本上是两大类。一是不听她的话，尽跟她不满意的男人恋爱、结婚；再就是我老想让她吃好，她老舍不得吃。

其实妈并不想包办、干涉我的婚姻，只是她对我要嫁的男人要求太高。凡是我为之受累、受苦、受罪，让我生气、要我无穷无尽地服侍的男人，哪怕他是天字第一号的男人，妈也不认为他是好男人。

可是，不让女人为之受累、受苦、受罪、生气、服侍的男人，上哪儿找去？

妈去世后胡容告诉我，妈曾……地对胡容说过：

"我都不让她生气,可是别人倒老让她生气……"她说的这个别人就是我的先生。纵观世上的夫妻,哪儿有不致气的呢?

过去妈是很爱"参政"的。并把她的"参政"叫作"提醒"。从我的写作、结交的人等,到往来的应酬,更不要说是恋爱结婚……有些意见我从未认真听过,有些意见干脆不听,为此我们常常发生摩擦。

其实妈的"参政"和一般人的好事大不相同,她是怕我处事不慎、招灾惹祸、吃亏上当。说到底,妈的"参政"是对我的守护。她老是不放心,总觉得我头上悬着一把利剑,那把剑随时都会掉下来扎在我的头上。她得时时守护着我,按妈的说法,也就是"提醒"着我。

"提醒"一次两次还行,时时"提醒",我就烦了。一烦,就会和她戗戗起来。一戗戗,就免不了生气。我老是对她说:"妈,我也是五十多岁的人了。"

虽然我们常常争吵,可我知道妈是为了我好。知道她是为了我好,也不一定就能采纳她的意见,甚至没有采纳过她的意见。

我们从美国回来以后,我发现妈有些不同。怎么不同,我没深想,听了胡容的话才猛然想起,她不大"参政"了。

过去可不是这样,妈的"提醒"有时真让人火冒三丈。

为什么妈不再"提醒"我了?

虽然妈没有解释过，但我现在猜想，很可能是因为我把她接到美国，让她和日夜想念、想得大病一场的唐棣团聚了几个月，是对她恩重如山了。更何况以后我还要带她再去美国，她欠我的岂不更多？而她又不可能放弃看望唐棣的机会，所以时刻都在想着如何报答我的这份情义。

妈怎么不明白，她能把我拉扯大，岂止"含辛茹苦"一类的字眼所能容括？我就是把自己的命搭给她，她也是受之无愧的。我用得着她的报答吗？！

但是爱女莫如母。虽然我无法对妈说清，但她深知我心中的苦楚。她深知再不能增加我的精神负担，不然我就要崩溃了。而对我最现实、最好的报答就是别让我生气，别给我再增加精神负担。一点也不能了。不但不要给我增加精神负担，还要想办法让我高兴一点。这从她写给唐棣的信上可以看出。妈去世后，唐棣把它们的影印件寄给了我。

由于视力日衰，最后几年妈给唐棣的信很少，但每封信里都表达了对我精神状况的忧虑。

妈在一九八八年九月二十二号的信中写道：

……在电话中谈到我去看你，这是我最希望听到的话题。你离开我已经两年之久，怎能不想呢？真想马上见到你。这是我最后的寄托，以后又如何呢？想是感情的促使，但是现实生活中有很多难办的问题。如果我去到你那里倒不十分难，买张机票就走了。我也不用人送。可是一想你妈一个人孤零零留在北京，她的思想上有那么多痛苦的负担和压力，把她丢下（尽管是几个月）我也不忍心。她每天都在苦恼中生活，所以我下不了决心……

希望你劝一劝你妈，她有时想不开。事情已经如此了，就得想开。我真怕她神经了……

一九八九年三月二十三号的信中写道：

……等你以后有了工作，有了经济基础，有了房子住，我身体没什么病，看你妈妈情绪好些，我一定去看你一次。以上这些我都挂念！

尤其你妈，我走后她一个人在北京……再一想我已经是快八十岁的风烛残年了，我还能活几年？感到很矛盾……

你妈五月二十号左右去美国，你们俩好好呆一个月吧，你劝劝你妈，别那么过于好生气，那样，只有摧残自己……你妈现在精神好像有毛病，一件事没完没了地说，脾气特大，我真担心……

母亲给唐棣的信，一九八九年三月二十三日

一九九〇年八月六号的信中写道：

> 你妈回到北京以后，由于心情不怎么愉快，所以更年期的病又复发，整天出大汗、急躁。人家说这种病怕受刺激，我们都应该想办法使她得到些安慰。你有时间能给她多写些信，找她愿意听的事情说。姥姥嘴笨不会说什么，她有时急了说些话不对，这是病态，我们应该原谅她。这不是她的肺腑之谈。有人说更年

一九四六年六月,在陕西宝鸡。后中为母亲,前中为张洁。左为母亲的好友方茵琴,她曾多次帮助贫困中的我们

母亲(前排左二)与陕西蔡家坡扶小的同事们，一九五〇年元旦期的病有时持续一年、半年之久……

一九九〇年十二月二十二号的信中写道：

　　生活的担子够她戗的，我不能帮她的忙，反而累着她。我过意不去。我什么忙也不能帮她，她真可怜，精神老不愉快。我随便说说，你别往心里去，也不用说我给你写信的事……

一九九一年五月七号的信中写道：

　　她很忙也很辛苦，所以她有时发脾气。这也是可以理解的。她心很善良的，自己舍不得吃，给我和老孙吃。有时我很难过，花她的钱太多了……

　　正像妈在信中说的，为了让我高兴一点，她甚至放弃了对我的守护，免得她的"提醒"与我的意见相左，从而使我心情不快或伤了我们之间的感情。虽然我们吵过就算，但她也不那么干了。
　　妈不"提醒"，不等于她想象中的那把悬在我头上的利剑就不存在，它时时都在她的眼前晃动着。可是，既然她已经决定不再让我生气，她就只好咬紧牙关不吱一声。

对我和唐棣的爱，简直把妈的心撕成了两半。

妈并不知道，我虽然不听她的意见，不满意她的"参政"，可是我却需要她的"参政"时时在我的身旁。

我振作精神，继续努力扯三扯四，想要岔开这个话题。可是妈又没头没脑地冒出一句："你也成人了，书包也挺有出息，我也没有什么牵挂了。"

妈果真没有什么牵挂了吗？其实何曾放心得下。说她没有什么牵挂，实则是要我别牵挂她：她去得无恨无悔，花开花落自有时一样的无可遗憾、也无可挽留。

我心痛得不知如何把局面维持下去。

妈并不理会我的神态大异，硬起心肠往下说。好像再不说就没有了说的时机，好像再不说就没有了说的勇气："时间长了就好了，我不也孤独了一辈子吗？"

这不是在交代后事么？

然而妈要交代的岂止这些？

也许妈明明知道，就像往常一样，这些话说也白说。这一件我不会落实，那一件我也不会照办。可是她又不能什么都不嘱咐，撒手就走。

妈肯定想到，从此可能就是撒手一去，今生今世再也不能相见，她有千条万条放不下心的叮嘱，无比琐碎又无比重要。她就是再活一世，就是把天底下的话说尽，也说不尽她那份操不完，也丢舍不下的心。事到如今，也只有拣那最重要的说了。

后来，我想过来又想过去，怎么想都觉得，妈这三句话，可能把她想说的全都包容进去了。

妈说这些话的时候，有一种把人生完全了然的平静和从容，我却感到分外痛楚。我那费尽心机压在心里的悲情，一下就冲破了本来就十分脆弱的堤防，汹涌泛滥、无可拦挡地没过了我的头顶。我再怎么努力也维持不住为表示前途光明、信心有加、心情宽松而设置的笑容，趴在她的膝上大哭起来。

一向爱掉泪的妈，这时却一滴泪也没有，静默着任我大放悲声。倒是她反过来安慰我："没事，没事！"

其实妈是很刚强的人。或者不如说，她本不刚强，可是不刚强又怎么办？只好刚强起来。她的刚强和我的刚强一样，不过是因为无路可走。

这样的谈话，自然让人伤痛至极，可妈这要走的人，反倒能捂住那痛而至裂的心。这要使多大的劲儿？我都没有这个力气了，妈有。把全身的劲儿都使光了的妈还有。

祝大夫曾说："老太太把全身的劲儿都使光了。"我想他也许错了，到了这种节骨眼上，妈还能拼却全力地护着我，而且如此的绵韧、深阔。

但是，妈，您错了。时间长了也好不了啦，您其实已经把我带走了。

也曾闪念,要不要叫唐棣回来。

这两年,妈常做安排后事之举,好像她预感到自己将不久于人世。

一九八八年十二月二十号,她在给唐棣的信中写道:

……通过电话以后,我的思绪万千,我真高兴!我有你这样一个好孙女。感激你对姥姥的关心、体贴。为了让姥姥高兴,不惜辛苦劳动挣的钱给我打电话,每次电话费要花很多钱。我真感激你!长大了,有了学习好的成绩,也没忘记年迈的姥姥,还约我和你妈同去美国,你带我们去玩玩。难得你有闲的机会。谢谢你——我的好孙孙。明年在你毕业时,你妈一定去(现在正联系机票呢)参加毕业大礼。你妈全权代表,代我祝贺!

我去你那里,只是为了看你,不是为了玩。我已是年迈的人,这样的机会很少,也只有一次。所以得周密考虑。这是我今生最后的一次机会,再没有第二次了,所以我特别珍惜它,留着这个机会,不用。使我精神永远有寄托,有个盼望。所以先留着它。

如果明年匆匆去了,时间又不长,仅是一个月,花那么多路费,也太浪费了,所以我决定明年先不去,等你考上研究院,或者工作和结婚,那时我再去,住个一年半载的回北京。我不能在你那里久住,你刚工作,必须奋斗,使自己能站住脚。我哪能累着你呢。你妈妈工作有了成绩,我只好累着她,她是我的女儿,在北京度我的有生之年。可能的话,你两三个月给我打次电话,我就满足了。我估计二年之内去看你吧。但得取(得——张洁)你的同意,我自己就可以去,你妈认识一个空中小姐。我还不糊涂,最近身体比前些日好多了,你放心吧,活两三年没问题……

妈去世前,我从不知道她给唐棣写过这封信。

尽管妈非常想念唐棣,但她知道条件尚未成熟,也从未表示过去看唐棣的愿望。

我们后来安排妈到美国去,完全不是这封信的影响,而是时机使然。一个偶然的,也是特定情况下的机会,使我能在美国停留一年,这是妈探望唐棣最好的时机。

唐棣毕竟还是个孩子,没有多少顶门立户的经验。我不也是这几年才知道照顾妈的吗?而且还常常顾此失彼,完全谈不上体贴入微。如果把妈交给唐棣一个人,是有一定困难的,只有在我的陪同下,妈才有可能去看望她。

现在,当我读这些信的时候,我感到非常惊讶:

中国作家协会北京分会用笺

书包：你好！通过电话后，我的思绪万千，我真高兴！我有你这样一个好孙女，感激你对老祖的关心！体贴。为了让姥姥高兴，不惜辛苦劳动挣的钱给我打电话，每次电话也要很多钱，我真感激你，长大了，有了学习好的成绩，也该忘记年迈的姥姥。还约我和你好同去美国，你带我们去玩，难得你有个同的机会，谢谢你——我的好孙女！明年你毕业时，你好一定去，（姥姥也要买飞机票咆）参加毕业大礼，你姥姥全代表代我贺祝！

我去你那里，只是为了看你，不是为了玩，我已是年迈的人这样机会很少也只有一次，所以智周到的考虑，这是我今生最后的一次机会，再该有第二次了，所以我特别珍惜之，当着这个机会，不用依我精神永远有寄托。有个聊坐，所以先当务之

如果明年如果去了，时又不长，仅是一个月。来那么多路岛远太浪费不，所以我决向 定明年先不去，等你考上研究院。或者工作，和结婚，那时我再去，住个一年

中国作家协会北京分会用笺

亲爱的、同均东，我不能在你那里久住，你别工作，必须奋斗；你自己能养胖，站住脚，我那能忍着你呢。你好工作有了成绩，我只好累着她，她是我的女儿。在北京浪费有三之年，可能的话，你再三个月给我打次电话，我就满足了，我估计二年之内去看你吧！但得取你的同意，我自己我不可去，你好似坐一个空中小姐。我还不糊涂。最近身体比前些日好多了，你放心吧。活两三年没问题。

假如有一天，我突然痛了、或者死去，你千万别回来，你回来也挽不住我。冒着坐飞机的危险。何必呢。只要你听妈的话。别回来。妈多舒几岁之下也安心了；祝顺利！

女宪姨 1988.12.20日

母亲给唐棣的信，一九八八年十二月二十日

妈果然是在写这封信之后的两年去看望了唐棣。

妈果然在美国住了五个月，正像她所说的"住个一年半载……"我本来打算让她在美国多住些日子，从一九八九年八月开始就请先生帮忙申请护照、办理出国手续，这些手续一办就是半年，到一九九〇年二月，妈才如愿以偿。这个速度堪称世界之最。要不然妈还可以在美国多呆半年，那就真能像她说的"住个一年半载"。

妈果然只看望了唐棣一次，那果然成了她"今生最后的一次机会，再没有第二次了"。她没有等到一九九二年我再带她去看唐棣就走了。一九九三年六月我去美国探望唐棣的时候，只能带着她的一部分骨灰了。当我取道法兰克福飞越大西洋，纽约已遥遥在望的时候，我默默地对她说："妈，您就要再见到唐棣了。"可是她已然不能再用她的欢声笑语来回应我的激动。

妈果然在这封信之后又活了两年多，应了她"再活两三年没问题"的话。

…………

妈也曾两次嘱咐我："我要是有个山高水低的，别叫唐棣回来。"不过那时候她还没有显出病态。

我记得特别清楚的一次是我们从美国回来不久，秋天的一个上午，阳光很好的样子。我站在妈的房间里，她穿着一件开身的宝蓝色的小毛衣站在电视机前，一边摆弄着柜子上的什么，一边对我说着这句话。妈常穿那件毛衣，因为合身，不像别的毛衣穿上去总是显得臃肿。

就在这封信里，妈还写道："假如有一天我突然病了，或者死去，你千万别回来，你回来也拉不住我。冒着坐飞机的危险何必呢。只要你听姥姥的话，别回来，姥姥在九泉之下也安心了！"

所以妈在住进医院之后，从未主动提过唐棣。

我想，妈不提，是怕提起来更加心痛。

妈不提，是为了唐棣的前程。

妈不提，是为了安定我的心。因为她一提就等于"提醒"我，这一回她可能就活不成，否则为什么叫唐棣回来，那不是要和唐棣诀别又是什么？这一来可不就捅破了她和我都在极力掩饰的恓惶。

妈不提，是怕我为难，她默默忍受着。这，也许，可不就是，真的，死别。

可是妈不提不等于我不想。我真的为了难！

这个时候妈一定非常想见唐棣一面。

我想把唐棣给妈叫回来，可又怕吓着她。那不等于告诉她，形势险恶、凶多吉少，否则为什么惊动唐棣？这会不会给妈造成压力？而任何思想负担都可能削弱她闯过这一关的力量和勇气。现在后悔地想，还不如让她有点思想负担和压力，那她可能就不愿意手术。不手术的话她今天也许还活着，我还能天天看见她。

我要是不把唐棣叫回来，万一大事不好，我一定会为此而追悔无穷。尽管这是妈永远不会说出口的愿望。

唉，实在想不出一个两全之计。

…………

当我后来看到一九八八年十二月二十号妈写给唐棣的这封信的时候，方知妈在活着的时候就想到了我们如今的悔恨，并早早为我们如今的悔恨开脱了我们的责任——

假如有一天我突然病了，或者死去，你千万别回来，你回来也拉不住我。冒着坐飞机的危险何必呢。只要你听姥姥的话，别回来，姥姥在九泉之下也安心了！

我尽量甩开这些忧虑，寄希望于我的直觉。不知道为什么，我相信妈的手术一定成功。

手术确实成功了，可妈还是带着没和唐棣见上最后一面的遗憾去了。

我对妈实在太残忍了。

我何曾孝顺过妈？！

唐棣倒是常来电话询问妈的情况。

唐棣才是妈的一剂灵丹妙药。就像妈在一九九〇年十月一日给唐棣的信里说的那样:"……听了你的电话后,像吃了灵丹妙药,心里多么愉快、多大的安慰呀……书包,我是多么爱你,有了你姥姥才活得有劲,否则还有什么意思……"

我这时变得非常唯精神力论。几乎每天都对妈说唐棣有电话来,殷勤地、真真假假地报道着有关唐棣的消息。为的是让她知道我们对她的眷恋,她也就会更加眷恋这个世界,这样不是就能增加她和死亡斗争的勇气?

每每我向她转述唐棣的电话时,妈脸上的皱纹就舒展开来,那不仅是深感安慰的表现,还包含着别人无法攀比的满足——她不再像从前一个人拉扯着我苦斗那样哭天不应、叫地不灵。在她生病的晚年,两个那么有出息的女儿在为她牵肠挂肚。

这两年妈常说:"我这小老太太,怎么生了这么两个女儿?"

言语里满是苦尽甘来的况味。还有对自己居然创造了这样两个人的自得。

妈所谓的"这样"的女儿,就是她常对胡容说的"她们都很争气,我再受多少苦也值得"的女儿。

妈当然也有一些迷惑。她那样一个忍气吞声的人,怎么生了两个这样不肯忍气吞声、想干什么就干什么的人?

我告诉妈,唐棣找到了新的工作,这家公司在中国有工厂,她可以借工作之便经常回来看看。

妈满意地说:"这正是咱们希望的,一切都按照咱们的愿望实现了。"

"唐棣说她年底回来,您手术完了再把身体调养好,等她回来,她要带您吃遍北京的好馆子。"

…………

妈去世后,小阿姨对我说,我对妈说的这些话,妈都如数家珍地对她重复过。

我又尽量找些讨妈喜欢的话题。

"妈,瞧您生病也会拣时候。秋天正好做手术,天也凉了,不容易感染,躺在病床上也比较舒服;我才五十四岁而不是六十四岁,完全有体力来支撑这场手术;我手头上的稿子也全清了,无牵无扯,正好全力以赴;赶巧宋汎同志能帮上这个忙,不然谁知道要等多久才能住进医院;您每次病好出院都能住进一个新家……"

或是谈妈的宠物:"您的猫可真行,那天它吃食的时候脑袋一甩一甩的。我想,它在干什么呢?仔细一瞧,它在吐馒头丁儿呢。原来它把馒头上的鱼和猪肝嘬完以后就把馒头吐了。"这时,妈脸上就会漾出些许的笑意。

或是谈我们未来的日子:"咱们新家的地理位置相当好,离前门、西单都很近。比西坝河热闹多了……"

"楼下有街心花园吗？"妈很关心这个，因为她每天得到街心花园去散步。

"有个小花园。不过我还给您个任务，每天让小阿姨陪您到前门法国面包房去给我买个小面包，不多买，就买一个。这样您就每天都得去一趟。既锻炼了身体，也等于上街看看热闹。咱们家到那个面包房还不到一站地，按您过去的运动量，走一趟没问题。"我得说是给我买面包，要说给她买，她就不会答应了。

"过马路也不用愁，刚好楼下就是地铁的通道，反正有小阿姨扶着您，上下地铁通道没问题。"

"新房子的楼梯陡吗？"

"不陡，上下很便当，楼梯还挺宽的。还有电梯，您愿意坐电梯或者愿意走，都行。"

九月十九号，星期四，我最后签字同意手术。

手术定在九月二十四号。我默念着这几个字的谐音，心里尽往好处找补地想：这就是说，妈至少会活到九十二岁才去世。

手术方案有过反复。

原定的手术方案是经蝶。如果采取这个方案，手术时妈的颈椎就要后仰九十度。这对老年人很危险也很痛苦，所以需要全麻，而全麻又容易造成老年人的死亡。这是一。

妈的瘤子又大部分长在蝶上，如果经蝶并不能将瘤子完全取出怎么办？这是二。

最后还是决定开颅。

甲戈大夫和王集生大夫都是多次做过这种手术的主治大夫了，但是他们一再对我和妈说："为了老人的安全和让老人放心，手术由罗主任亲自主刀，我们在旁边做他的助手。"

我很明白，也很感激他们的这份心意。但凡有些真才实学的人，谁愿意甘拜下风？

甲大夫向我说明了手术方案。半麻醉加针刺麻醉、加镇静催眠。由于老年人对疼痛的反应不很敏锐，这个麻醉方案通过手术估计没有问题，而且比全身麻醉安全多了。甲大夫还建议，术后不必住到监护室去，那里虽有机器监护，但是一台机器看六个病人，万一护士不够经心，还不如就在病房给妈单独请一个特护。妈住的又是单人病房，很安静。只要妈那边一进手术室，病房马上就进行消毒。这样护理起来可能比监护室还好。手术当晚由甲大夫值班，发生什么问题自有他在。

我觉得他考虑得很周到，便决定按他的意见办。

决定手术后的这段时间里，妈还不断给我打气："我的皮子可合了，肉皮上拉个口子，不一会儿就长上了。"

我接受了妈的鼓励，因为我怯弱的心正需要这种支撑。

妈的皮子确实很合，可是我们都想得太简单了，在脑子上动刀子和在肉皮上拉口子怎么能同日而语。

九月二十二号星期日是中秋节。我和妈两个人难得地在一起过了这个节。要不是妈生病住院，我还不能这么名正言顺地和妈在一起，过上这么一个实在是算不了什么节的中秋节。

自从再婚以后，每到年三十同先生和妈吃过年夜饭，就把妈一个人撂下，陪先生到他那边去住。

也设想过妈和我们一起到先生那边去，或先生在我们这里留下来。可是妈不肯到一个她觉得不方便的地方去和我团聚，先生也不愿意在一个他觉得不方便的地方留下来，我又不能劈做两半。

最后还是自己的妈做出牺牲："你还是跟他到那边去吧。"

我只好陪着先生走了。并且自欺欺人地想，反正大年初一一大早我就会赶回妈这边来，好在妈对电视台的春节晚会还有兴趣……她该不会太寂寞吧？

我想妈懂得我的心，就是我不在她身边，她也知道我爱她胜过他人。

我终日为他人着想，却很少为自己的妈着想，老是觉得"来得及，来得及"，妈的日子还长着呢，好像妈会永远伴随着我……我甚至荒谬地觉得，妈还年轻着呢。虽然我知道谁也不会永远活着，但轮到妈身上却无法具体化。

所谓的为他人着想，不过是牺牲自己的妈，为自己经营一个无可挑剔的口碑。我现在甚至怀疑起一切能为他人牺牲自己亲人的人。

可是妈先走了，想到那许多本可以给妈无限慰藉、无限欢愉的，和妈单独相处的时光却被我白白地丢弃了，那悔恨对我的折磨是永远平息不了的。

更多的时候，我会怀疑起来。万一我想错了，万一妈不懂得我的心呢？我不敢想下去了。

我甚至想到鲁迅先生写的《阿金》。在强者面前微笑，在弱者面前逞强的势利、自私。

妈虽不是弱者，却因爱而弱。在这人世间，谁爱得更多，谁就必不可免地成为弱者，受到伤害。

每逢佳节倍伤情，可能是我和妈的一个源远流长、根深蒂固的情结。

本来我家人丁就不兴旺，更没有三亲六故的往来。从幼年起，就跟着妈住她任教的小学单身宿舍。在食堂开伙，连正经的炉灶都没有一套。馋急了眼，妈就用搪瓷缸子做点荤腥给我解解馋。一到年节，看着万家灯火，就更加感到那许多盏灯火里没有一盏属于我们的凄凉，我们那个家

母亲与她的猫在寒窑门前。一九五一年

寒窑——四十五年前,这是我和母亲的家。张洁一九九一年重访故地

张洁九岁

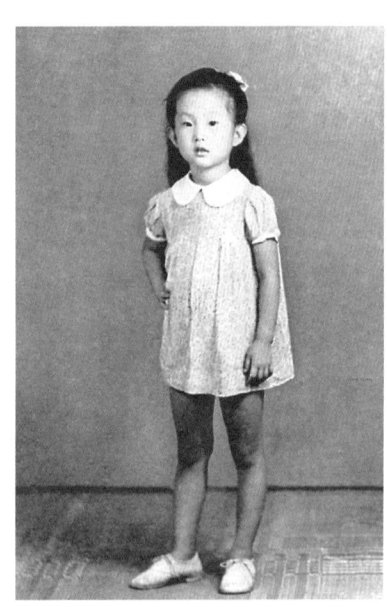

张洁五岁，在柳州

就更显得家不成家。少不更事的我还体味不深，就是苦了妈了。

渐渐地就不再枉存，或说是妄存过节的想头。不管人家怎样热闹，我们则关起门来，早早上床，悄悄睡觉。

后来发展到三口人的三世同堂，还有了带厨房厕所的单元房，像个家的样子了，也有了过节的兴头。可是，自从那年节真正的彩头、第一代人的心尖、第三代人唐棣出国以后，又剩下了两口。这比从来没有过三口人的鼎盛时光更让妈伤情。而我再婚以后，一到年节，简直连两口都不口了。妈一个人守着普天同庆、鞭炮齐鸣的年夜，该是什么滋味？！

我是陪着先生走了，可心里却连自己也不知道地给后来埋下许多解不开的情结。凡是妈为我做过的、牺牲过的一切，在她走后都无限地弥漫开来，罩着我的日子。

九月二十三号，星期一。

吃过晚饭，理发师来给妈做手术前的备皮。

我坐在灯的暗影下，看理发师给妈理去她从前世带到今世那千丝万缕的烦恼。不免想到，理去这千丝万缕的烦恼，手术前的事就全部结束了。好像所有的事也都跟着一了百了了。这景象何等的惨淡。

我示意理发师，妈脑后还有一缕没有理掉的头发。理发师说，明天清早他还要再给妈刮一次头皮。

从此以后到去世，妈再也没有照过镜子。

理完发以后，妈赶紧把前几天一再催我给她买的帽子戴上。我知道她不喜欢这种帽子，可是眼前也找不到更合适的帽子了，好在不用很久她的头发就会长出来。

她问我："是不是很像你姥爷了？"

我说："是。"

她说："真糟糕。"

见过我们三代人的朋友都说，妈是我们三代人中间最漂亮的一个。所以我和唐棣老是埋怨妈："瞧您嫁了那么一个人，把我们都拐带丑了。"

妈听了不但不生气，还显出受用的样子。

妈的漂亮是经得住考验的。一般人上了年纪就没法看了，可妈即使到了八十岁的高龄，眉还是眉，眼还是眼。嘴唇红润、皮肤细腻、鼻梁高耸。好些人问过妈："您的眉毛怎么那么长，不是画的吧？"

或："您抹口红了吧？"

一想到妈那么漂亮的一个人，没等头发长出来就光着脑袋去了，我就为她委屈得掉泪。

我想，妈直到去世再也不照镜子，可能是想为自己保持一个完美的自己吧。

理发师走后我把折叠床打开，和她的病床并排放在一起。我们躺下以后，我像往常一样拉着她的手，往往她就这样睡着了。

这天晚上，我以为妈一定睡不好。过去，芝麻大的小事都可能让她彻夜不眠。

可是妈的手，很快就从我的手里滑出去了。她睡着了，而且睡得很沉。

明天妈就要进手术室了。

可是妈再也没有对我说过什么。一句也没有。

这是一个空白的夜。

我和妈之间的一切，似乎都在她交代后事的那个晚上，被她义无反顾地结束了。我觉得，我那连接在妈身上的脐带，那时才真正地切断了。

我为妈能安然地睡去松了一口气，也为她已经能这样淡然地对待生死、对待也许是和我的永诀而黯然神伤。

妈还是妈，可又好像不是妈了。

人到一定时辰，难道都会这样吗？

我尽力克制自己，什么都不要想。我怕一想，我的决心就崩溃了。这对妈好，还是不好？

我只好硬着头皮挺下去了。这对妈好，还是不好？

我猜妈也犹豫过，也曾想过要改变主意。可她是个好强的人，从不做那出尔反尔的事。医院和大夫都做好了手术的准备，她若中途变卦，不就白白折腾了医院和大夫吗？

有其母必有其女，我是妈的女儿，何尝没有这种考虑呢？

那时妈要是有一点表示，我立刻就会改变主意。可是她一点这样的暗示也没有，矢口不再提手术的事。

为此，妈就把命搭进去了。

九月二十四号，星期二。

清晨五点多钟的时候，妈坐起来了。我问她："您要干吗？"

妈说："我要收拾收拾行李，准备上路了。"

我心里一惊，觉得这话很不吉利。便对妈说："您上什么路！您是去做手术，什么东西也不用带。"

妈才又躺下了，像个幼小的、听话的孩子。

过了一会儿，理发师又来给妈净了一次头皮，留在妈脑后的那一缕头发最后地消失了。

七点多钟，那个姓周的护士来给妈插导尿管。我看见消毒包里有两根导尿管，就对护士说："请给我妈插一根细的。"

因为有过插导尿管的经验，知道插细的要比插粗的痛苦少一点。可惜我只有这点经验，我要是能有更多的经验，妈就可以少受很多罪了。或者我要是能把妈将要经受的一切先经受一遍，也就知道哪些事该怎么做，而不会留下那许多的遗恨。

插过导尿管之后，又给妈打了一针镇静剂。

不论插导尿管或是打镇静剂，妈都很安静。直到进手术室，什么话也没有对我说。

我又把妈满口的假牙摘下，包好。

七点四十五分，手术室的护士就推着推车来接人了。我一个人无法把妈抱上推车，只好求助于那些像我一样陪床的男士。

然后我一个人推着推车向电梯走去。这情景可以说是罕见的。哪一个去手术的病人，不是满堂亲属，或是机关领导、同事前呼后拥？

有两个病人的陪床家属动了恻隐之心，不但送我一兜食品和饮料，说万一手术时间过长，让我饮用，还帮我推车。

我看了看那一兜有备无患的食品，才明白我是多么没有经验。可是，这种时候我还会有饥渴之感吗？

我那时谁也不需要，我只想单独和妈在一起。此时此刻，只有我和她。

不论在这之前我考虑了多少，事到临头，还是觉得手忙脚乱，心里没底，什么也没准备好。可就是再给我多少时间，我照样会感到没有准备好，照样会感到：为什么这样匆忙？

不过，我要准备的是什么呢？

又"什么"是这样的匆忙?

似乎有一种我不能理喻的力量,将我一分为二,又将我合二为一。那一个我看着这一个我,这一个我看着那一个我。谁也帮不了谁,谁也救不了谁,谁都觉得谁不是真的。

唯一正常的感觉是我的心在慌乱地跳着。

我一面推着车一面对妈微笑着,一再对她说:"别担心,您最喜欢的甲大夫会一直守在您身边。"明明是危机四伏,为什么我却要满脸堆笑地这样说?那可不就像骗妈去送死一样?

我还自以为是地叮嘱妈:"如果感到有些疼,尽量忍住。可不敢喊,一喊大夫也许就慌神了,那对手术不利。万一大夫以为您忍受不了,再给您加麻醉药就不好了。"

我不知世上有无探测眼底神色的仪器?如果有,我相信这时我的眼底深处,一定让人惨不忍睹。

到了手术室门口,手术室的护士就接过了我手里的推车,车子很快就拐进去了。当推车就要从我视野里消失的时候,我鼓足力气发出信心十足,但愿妈听了也会信心大增的喊叫:"妈,您放心!"

可听上去却是那么有气无力,像从远处传来的一个回声的飘浮的尾音。

妈没有回答,手术室的门跟着就关上了。我的眼泪一涌而出，就剩下了我自己，我还有什么可顾忌的？

手术室外两个和我同样角色的女人，好意走上前来劝慰我："没事，没事。"

但愿妈能借上她们的吉言。可是一切全看上帝的旨意了。

我潜下心来祈祷。

妈进手术室不久，瑞芳就到了。她是特意来陪我的。那天要帮忙的朋友还有几个，我想来想去，还是请了瑞芳。她是儿女双全、家庭和睦的有福之人，我希望妈能借上她的福气，平平安安渡过这一关。

手术期间，承蒙手术室文学爱好者郭小明大夫的关照，我和瑞芳可以进入手术室的大夫休息室里等候消息。

郭小明大夫本不上妈那台手术，可是每到关键时刻，他就来报一次平安。"对病人家属来说，早一分钟知道手术安全也是好的。"他说。

幸亏瑞芳来了。我总不能撂着瑞芳自己愣怔，便和她拉些家常挨时光。一拉家常，人就不得不回到实际生活之中。

没想到罗主任请出了全国两个最好的麻醉师之一，天坛医院的麻醉室主任王恩贞给妈做麻醉。

那就是如虎添翼了。

手术进行得很顺利，一个多小时就做完了，几乎没有出血。我曾对大夫说，万一需要输血，千万别输血库里的血，输我的。我怕血库里的血不干净，再给妈传染上别的病。

因为要动手术，给妈测了血型，这才发现妈也是 O 型血。

我听见妈自言自语地说了好几遍："咱们家都是 O 型血。"

自言自语。

妈在慢慢地咀嚼这份验证。这种咀嚼显然让她深感慰藉。这是她可以和她引以自豪的女儿、外孙女之间不可改变的共同之处，我们的确是妈的骨血，这种验证再有多少次也不嫌多。

像我暗中祈祷的那样，瘤子很软。只用管子吸就把瘤子吸出来了，免除了用手术刀刮可能出现的险情。

当郭小明大夫来告诉我们手术顺利结束的时候，瑞芳高兴地哭了。而我却感到茫然：这是真的吗？

我至今记得罗主任从手术室出来后那种神采飞扬的样子。他的白外套敞开着，行走时一路飘拂着掩盖不住的高兴，眉宇间也洋溢着手术成功的自得。

一个八十老人的手术，毕竟是外科手术的禁忌。

妈从手术室出来的时候，神志是清楚的，眼睛是张开的。我急不可待地问妈："您看得见我吗？"

妈点点头。眼睛里满是对她还能生还，还能看到已经告别过的这个世界的感激和难以置信，以及生怕一不小心眼前的一切就会消失的谨慎。

不知道是不是我的心理作用，妈的眼睛看上去清澈多了。不像手术前那样混混浊浊、老泪涟涟。眼睛周围那一圈暗紫色的红晕也淡下去了。虽然大夫说过，只要对视神经的压迫一解除，视力马上就能恢复，一旦这种情况真的出现，还是不能不让人感到喜出望外。但是她的眼睛里却平添了一种从未有过的、惊魂未定的神色。

上午十一点二十分，我们回到了病房。这次是病房里的护士和隔壁陪床的小伙子把妈从手术室的推车抬上病床的。我不敢碰妈，老怕碰伤了术后的她。

当时就来了特护，不过她没做什么，因为妈一直在昏睡。

妈的刀口没有全部缝上，头上还留有一个连接塑料袋的排液孔，用以排除术后脑中的积液。我看了又看那个已然接收了半袋鲜红积液的塑料袋，心里想，怎么一下子就是半口袋了？虽说需要排除积液，可这样流下去行吗？接着就移开自己的眼睛，不忍，也不敢多看那个接收积液的塑料袋。这是我第一次看见从妈体内流出的积液，在我看来就是妈的血。我身体里流动着的不正是它么？当时真有一种难言的切肤之痛。

妈躺下不久，罗主任就来查房了。他立刻把放在枕下的塑料袋挪到了枕上，说："口袋的位置不能太低，否则积液就排得太多了。"

我想我大概有点特异功能，凡是让我心里别扭的事，最后一定有问题。

罗主任还提醒我把手术前给妈摘下的假牙戴好。

把妈安顿好以后，我就开始给妈服用"片仔癀"。手术前胡容给了一丸，我又托她买了两丸。每丸分五次服用，一日三次。胡容介绍说，她做乳腺癌切除手术后，吃的就是这种药。对惊厥、疼痛、发炎、感染等症状有相当大的抑制作用。

不过服了两丸之后妈就说："那个药还是别吃了吧。"她这样说，想必有她的切身体会，便马上给她停服了。

但我觉得这药可能不错，妈吃了它，排出很多膜状的、韧性很强的东西。我猜想那可能都是妈多年便结，沉积在肠壁上的有害物质。

下午先生来医院告知，唐棣的汇款已到。和先生商议后，决定立即将支票所有权转让他人，以期尽快兑换到现钞。

晚上，医院的"王牌护士"来值特护的班。我初到医院就了解了她的能力，早已私下和她约谈，也特别向护士长提出请她特护的要求。见她能在妈手术后的第一个晚上值班，放心多了。

妈还在昏睡之中，一夜平安无事。就是双手老在胸前缓缓地、不停地绕着圈子，双脚也在被子里乱蹬乱踹。我们怕她乱抓手背上的输液针头，不断从椅子上站起来去按她乱动的手，最后只好把她的手用绷带固定在床栏上。可她还是蹬掉了脚背上的输液针头，也拧下了手背上的针头，蹭得被单上都是血。幸亏特护的技术高超，没让妈受什么痛苦，又把针头扎进了静脉血管。

仅仅为了这个，除去规定的酬劳我又多加给她一百块钱。

妈的血管本来就细，特别是肘关节内侧，正是静脉注射的常规部位。年轻时做静脉注射就很不容易，上了年纪血管发脆以后做起来就更难了。常常会把静脉血管扎穿，注射的部位就会红肿淤血。

刚进医院的时候，周护士给妈做静脉注射，在肘关节内侧找不到清楚的血管，只好改用手背上的血管，但还是扎穿了。妈的手背不但肿起很高，还大面积地淤血。当时我不在医院，事后隔壁陪床的大姐十分郑重地提醒我注意。

我明白那位大姐的好意，可是我没敢追询，这是经验使然。这种无关宏旨的事如果件件纠缠起来，到头来还是妈身受其害。何况周护士还有些内疚，以后再来发药、量体温、打针什么的,总是找些话来搭讪。

都以为妈受病的影响,糊里糊涂地分不清什么,护士们对妈说话,难免像对弱智儿童。有一次周护士也这样问妈:"你还认识我吗?"

妈不说认识,也不说不认识,可等周护士走了以后妈就爆了个冷门:"我还能不认识她!"

反过来说,要是我的手臂被人扎成这个样子,不管后果如何,妈非先就这件事情表个态不可。

妈比我有主意。一九八七年患黄疸性肝炎住院的时候,每天都要输液。护士总是拖到十点以后才给她输,每每到了吃中饭的时候还输不完,她就没法起来打饭。而我一般下午才到,她不得不经常麻烦病友。为此妈要求护士提前给她输液,以便赶在午饭前输完。

护士不理会妈的要求,她就来了个绝食。这才引起护士长的注意,那个护士不但提前了输液的时间,态度也好多了。

妈手背上的大块淤血,是不是说明她的凝血机制不够健全?我那时要是能预见这个信号带来的后果,就不会同意手术了。

所谓特护,并不是医院里专有一批干这个事情的人,而是护士们的第二职业,全靠自己挤时间干。白天不能耽误正常工作,晚上还要值特护的班,几乎二十四小时连轴转,很辛苦的。

我们这位特护虽然不断冲盹儿,但都能及时清醒过来,给妈量体温、量脉搏、查看各方面的体征。尽管查下来的情况都很正常,我还是一点不敢懈怠,眼睛连眨也不敢眨地注视着妈的动静。

按理有了特护,我就可以大撒手了。可我觉得让她服侍妈的大小解总是不妥,还是由我亲自动手为好。

按照妈的脾气,我本以为她会拒绝他人,包括我在这方面的服务,没想到她什么异议也没有。大概到了这种身不由己的地步,也只好听人摆布了。

这一夜算平安地过去了。

特护交班以前,说是要给妈换上干净的被单,因为被单上沾了不少妈的血。我问她在这种情况下怎么换?她说妈用不着起来。只见她一个人把妈翻过来又翻过去的就把被单换好了。真不愧"王牌护士"之称。

那个早晨,是我记忆中一个非常明媚的早晨。

九月二十五号换了一个特护,不可能老是"王牌"一个人盯着,她还有她的本职工作。

下午,我发现连接导尿管的口袋里尿量很少,心里一惊,以为妈的肾功能出了问题。后来才发现是妈把导尿管蹬下来了，漏了一床的尿。我知道这个特护是外院来进修的护士，怕是做不了什么主的，只好先在床上铺一块塑料布，塑料布上再垫上厚布垫。不过妈还是等于睡在尿坑里了。

这个晚上，妈的两只手还是像绕毛线似的在胸前绕来绕去，我们又用绷带把她的手固定在床栏杆上。迷蒙中妈也曾想把手从绷带里挣出来，但我们总是给她绑了又绑。

这一夜，也算平安地过去了。

九月二十六号，星期四。白天没有给我们安排特护，护士长说抽不出人。完全由我这个没有一点医学常识的人顶班。白天还好说，大夫护士全在病房。到了晚上怎么办？护士站又只有一个值班护士。我一再请求护士长晚上给我们安排一个特护。

这天，妈的神志渐渐恢复过来。我问她头疼不疼，她说不疼。

又问她头晕不晕，她说不晕。

又不断伸出手指考问她："这是几个手指？"

妈都能做出正确的回答。

妈就不只是高兴，而是兴奋了。虽然她不说什么，我却看得出来。

比如手术后本应多睡，就是妈自己不想睡，她那经过大手术的身体也会自然调节她的睡眠。可她居然就睁着眼睛。她是舍不得睡呀,那等于是死而复生的体味,她一分钟也不想放过,更何况她做的本是别一番准备。

晚上,"王牌护士"又来护理妈了。

幸亏是她来了。

我立刻告诉她妈睡在尿坑里的事。她马上就找来干燥的褥子和干净的床单,甚至还有被套、枕套。为了大换卧具,我们把妈从床上抱起来,让她靠坐在太师椅上。这时我才看出这次手术对妈的影响之大。她力不能支地瘫靠在椅背上,颈子软软地歪着,全身都显出在种种精神和肉体的折磨之后,生气丧失殆尽的颓唐和烦恼。

待卧具换完之后,妈才又睡在了一个舒适的床上。

由于前两夜都平安无事,我想第三夜更会向好的方面发展,何况还有"王牌"特护。十一点多钟的时候,我把折叠床撑在阳台上,想要休息一会儿。

我很快就被惊醒了。

妈不安地折腾起来。

特护又是给她量血压,又是给她量脉搏。我紧张地查看妈的全身,发现她的刀口出血了,而且越出越多,把包扎在头上的绷带都湿透了。我把这个情况告诉了特护,她赶紧把值夜班的王集生大夫找来。王大夫打开头上的绷带,我看见妈左半边刀口对接得很好，缝得很光滑，针脚很小也很匀称。不过两天半的时间，已经长牢了。果然如妈所说："我的皮子可合了，很容易长上。"

这半边刀口是甲大夫缝的。

右半边的刀口不但没有对接好，缝得也很马虎，以致刀口两边的头皮向外翻着。鲜血正是从这里的每一个针眼往外直冒。我看了一眼就不敢再看，吓得两腿发软，趴在床栏上哭了起来。

这半边刀口是Y大夫缝的。

王集生大夫只好又在妈右半边的伤口上补缝了几针。

如果说妈最后是因为凝血机制紊乱，引起某个要害部位出血而造成猝死的话，那么又是什么原因造成了凝血机制的紊乱呢？会不会是由于右边伤口没有缝好，再次出血的打击造成的？

也许不能这样说，但也不能不这样说。

但是我的心告诉我，这正是妈过世的原因。我不知Y大夫在得知母亲过世的消息后会怎么想，也许他什么都不会想。

我的朋友、人民医院的张主任说，这个晚上的刀口出血，无论如何是一个应该引起注意的、不祥的信号。

妈对王集生大夫在她头上的操作不但没有任何反应，

反倒胡言乱语起来。

"你们要秉公办事！我就这一个后代……"是横下一条心血战到底的气势。听这话音，好像是我遭了什么难，妈正不惜牺牲地为我伸张正义。即使她在昏迷状态，为我而牺牲自己也是在所不辞。世上唯有这份真情，才是溶化在血液中的。

又说："你还是我亲生的女儿哪，怎么就把我一个人赤身裸体地扔在大马路上，让那么多人站在两边看我……"

"你们这是骗婚……怎么扔给我一个红裤衩……"

…………

补完这几针，流血才止住了。但是王集生大夫很不放心，他担心血会回流脑膜，再从刀口进入颅内。嘱咐我明天一早一定去做一次CT检查，看看颅内有无血肿。

血虽然止住了，快天亮的时候妈的心率开始加快。快到多少，我不清楚。幸亏特护很有经验，又把内科的值班大夫请来了。值班大夫正好是内科主任。张主任听了妈的心脏，说没问题。护士们也说，张主任要是说没问题，那就真是没问题。我想既然护士这样说，说明张主任一定是位医术高明的内科大夫，就没再把心率快的事放在心上。

比起妈对我的恩情，我对妈的关心太不够了。当时我为什么没再追问一句：既然没问题，为什么心率会快呢？这难道不是一个当时最应该问清楚的问题吗？

如果当时我能追问一句,也许就会引起大夫更多的考虑,没准就能及早发现妈的问题,也许就不会酿成后来的大错。

可能真像人民医院张主任分析的,那一夜就是不幸的开始。

九月二十七号,星期五。一早就推妈到CT室去做检查。没有帮手,还是得求助于隔壁那个陪床的小伙子。可我们两个人还是没有力气按照大夫的要求,把妈的头送到指定的检查仪器的凹槽里去。我俯身抱着妈的头,又要使劲把妈往仪器里挪,又怕过于使劲把握不住平衡,哪只手不小心碰了妈的伤口,或哪只脚落空一个跟头摔下去,两手一参摔了妈。所以特别注意保持平衡,并且由于这样努着劲儿而紧张得浑身发抖。

我仰起满是汗水的脸,恳求站在我身旁那个戴眼镜的,好像是姓W的大夫:"大夫,谢谢你了,请帮我们抬一抬吧。"

W大夫一动也不动,两只手潇洒地插在白大褂的口袋里,眼睛直直地,连回避也不回避地看着我那满是汗水的脸。我甚至在他的眼睛里看到一丝快意,让我不得不检点自己:以前是不是在哪儿伤害过他?而他一直没有得到报仇雪恨的机会,现在,这个机会终于来了。

我不敢说什么,更不敢埋怨他。我知道,要是我说点什么只能使妈更加倒霉。好比说妈脑子里明明有血肿,就冲我难成那个样子而他能一个手指头都不伸,他就敢说没有血肿,等等。

我只好拼却全力抱着妈的身子,一点一点把妈的头往仪器那个凹槽里挪。我担心位置不准确影响检查的效果,那就可能误了大事。可是我再也挪不动了。当时我的那个心哪,真是苦透了。

W大夫也就那样马马虎虎地拍了。

让人感到安慰的是妈颅内没有血肿。王集生大夫说,幸亏妈出血的部位是在脑膜切口的另一侧。

下午,妈清醒了,说她晚上做了很多梦,并且一字不差地把梦中说过的话又重复了一遍。说她梦见有人把我拉进一个帐篷之后,又扔给她一个红裤衩,她觉得那种情况很像骗婚,就冲上去和那些人理论,并且上诉到有关部门……

又梦见我把她一个人赤身裸体地扔在马路上,大夫们在马路两旁站成两排,看着她赤身裸体地躺在马路的中央。这可能是手术给她的刺激。

我说:"做这样的手术都得把衣服脱掉。说不定什么时候就出现需要抢救的情况,说不定要在什么部位做应急的处理,到那时再给您扒衣服就来不及了。"

尽管做了这样的解释,妈对把她赤身裸体地放在手术台上还是很不高兴。她不是不高兴大夫,她是不高兴我。她觉得我作为她的亲生女儿,竟然让她出那样的丑,很有些伤心。

虽然她这时刚刚恢复神志,对进来照看她的大夫和护士,一律都能说声"谢谢"。

古人云:祸兮福所倚,福兮祸所伏。

妈的手术,和手术后的一切反应都太顺利、太正常了。一般人脑手术后常有的水肿、血肿、感染、发烧,妈一律全无,最高一次体温不过三十七度五,而且很快就降下去了。

我、大夫,包括妈自己都太乐观了,真正是乐极生悲。

要是妈手术后哪怕发点烧,也就会引起我和大夫的警惕了。

术后第五天,九月二十八号晚上,连在妈身上的管子、瓶子都拿掉了。

临睡觉的时候妈对我说,病床睡得很不舒服,她想睡我的折叠床。我就和她换了床。

见妈术后这些天一切正常,我以为可以睡个安生觉了。

可是我刚睡着就惊醒了。

一醒就发现妈在折叠床上坐着,正要从床上站起来。我吓坏了,她要是摔倒问题就严重了。我庆幸自己及时醒来了。

我立刻让妈回到自己的病床上去,并且把病床两旁的栏杆也安上了。她一副痴呆的、木愣愣的样子。那时我还不知道这就是"谵妄"。这是她第一次"闹",还不太严重,以后就愈演愈烈了。

现在回想,妈的"谵妄"也和别人的不大相同。一般说来,别人的"谵妄"术后当天晚上就开始了,她却发生在术后的第五天。

不过其他方面的情况很让人感到鼓舞。便结的现象消失了,手也不抖了,有了食欲,眼睛也清亮了,嗓子也不哑了,也不昏睡了……总之,手术前的一切病状似乎都消失了。

一撤了输液,妈马上就想吃东西。术后第一次正常吃饭,吃的是瑞芳送的广式稀粥。

那天瑞芳走后我问妈:"您想喝粥吗?"

她兴意盎然地说:"我早就想喝了。"

"那您怎么不早说?"妈有了食欲,就是恢复健康的征兆。我们苦尽甘来的时候到了。

"人家还在这里坐着,我怎么好意思就要吃人家送来的东西呢?"

妈,妈,您总是这样顾脸面,委屈自己。您还是个病人呢!

我赶紧从被窝底下掏出盛粥的瓶子给她倒粥。还好，粥还是温的，正好食用。在医院里这就是一个因地制宜的土保温法了。妈吃了两碗，差不多把瑞芳送来的粥全吃光了。

然后就是手术后第一次下地。我对妈说："妈，不怕，您两手搂着我的脖子，我两手抱着您的腰，您的腿一蹬就站起来了。"

我的动员没有用，妈还是吓得大张着嘴，一口一口地喘粗气。两条腿软得像是煮烂的面条，无论如何挺不起来。她贴在我的身上，全靠我奋力后仰挺着身体支撑着她，两只胳膊往上提着她，才勉强站立。但是她的脚踩在我的脚上，却很有力。虽然很疼，我也没敢动窝，我怕一挪脚闪了妈，万一我抱不住她就糟了。

这时护士长恰巧走过。她严厉地说："站起来，站起来。你的腿和手术一点关系也没有。"

妈果然噔的一下就站直了。

然后我和小阿姨扶着妈到走廊里去，她不愿意，可是她还不能自由行动，只好由我们搀扶着她慢慢向外走。在护士长的指挥下她虽然站起来了，但走起路来腿还打晃，每迈出一步膝盖就往前一拐。但她总算能迈步向前走了。

病房里的人见妈一下地就能走路，对妈以八十高龄战胜疾病的顽强精神表示了由衷的敬佩。

我要的就是这个效果，否则我为什么非要妈到走廊里去。这对妈的康复将是很大的鼓舞。

当然还有一些显摆。我和妈出生入死地奋斗到这个地步，难道不值得显摆一下吗？

下地的第二天，妈就不要我们搀扶，自己就能扶着病床周围的栏杆绕着病床走来走去，而且走得很利索了。

很快妈就行动自如了。

第三天，妈自己就能到处走了。我不明白，为什么有些相当复杂的功能她恢复得很好，而且好得出人意料；有些很低级的功能却恢复得很差，甚至丧失？比如说，自己从躺位上坐起。

后来我常想，要是妈第一次从躺位坐起的时候，护士长也能在旁边这么吆喝她一嗓子就好了。

妈一到走廊里去，病房里的人就对她鼓掌，表示他们的祝贺、敬意和鼓励。这时，妈就笑眯眯地向人家挥挥手，说："谢谢，谢谢！"

那时妈对自己的身体还充满了信心："我早点恢复还是好，老不走就不会走了。"

那时妈还有闲心和我研究："你说对面病房的那个男人是不是在搞婚外恋？有两个女的老来看他，可是还不一起来，而是分别来。他在走廊里碰见我的时候，指着搀扶他的女人挺得意地对我说，'你看，我自己能走她还非要扶着我不可。'"

我想妈既然有这份闲心，就说明她身体恢复得不错。

后来病理切片的检查结果也出来了，瘤子是良性的。

这是我们最感幸福的一段时间。

我常志得意满地对妈说："妈，我真高兴我签了字，不然我会后悔一辈子。"

妈也多次对小阿姨说："你阿姨要是不签字，她会后悔一辈子的。"

连甲大夫也对我说："你决定手术还是对了。"

现在想想这句话，真觉得是上天对我的鞭笞。

胡容来看望妈的时候，见她脸色又红又白气色极好，就说："姥姥年轻多了。从今以后，您的年龄应该从一岁算起。以后谁再问您多大年纪，您就说：'一岁。'"

手术后妈确实显得年轻了，因为手术在头上横切一刀，又经过缝线，头皮相应拉紧，额上的皱纹自然见少。

剩下的遗憾就是妈那双眼睛。

妈年轻时压倒群芳、风光一时，这双眼睛功不可没。那不仅是双眼皮，简直是三眼皮。

可是到了老年，三眼皮一耷拉，就比一般的双眼皮厉害得多了。妈的一双眼睛，竟让那眼皮遮得不见庐山真面目。

今后妈还会有相当长的一段好日子，何不请美容师把眼睑的松垂部分剪去，虽不能完全恢复妈那双眼睛的风貌，至少也能让妈精神精神。

我对妈说："等您身体完全恢复以后，我把美容师请到家，把您上下眼皮松垂多余的部分剪掉，您再精精神神过几年。您没见咱们的领导人某某某和某某某，不都剪了眼皮、染了头发吗？立时精神多了。"

如果躺在床上养息，妈就半合着眼睛看我在房间里做这做那。我走到哪儿，她的眼睛就跟着我转到哪儿，舍不得睡去。

我们这样朝夕相伴的机会不多，妈早年是为生计奔波，等到退了下来，我又进入了社会，开始了艰难的跋涉。两下总难凑齐。

一九九一年十月我有一次访问法国的机会，妈住院后我想都没再想过这个问题。我以为妈也不会记住这件顺口一说的事，没想到这时她突然问我："你还到法国去吗？"

"不去，您住着医院我怎么能离开您。"

这是妈唯一一次婉转地表示了对我老是离开她的不安。过去她从未有过这样的表示，不管我走多远、走多久，她都默默地忍受着一个风烛残年的老人，对可能发生的紧急情况的恐惧。

过了危险期，在妈的抵抗力相对增强以后，就让小阿姨到医院来助我一臂之力。她一进病房妈就对她说："小月，几天没见你了，我真想你。"也许她表达的是对健康、正常生活的向往。

可是小阿姨一来就干了一件让我感到晦气的事。她刚一洗碗，就把唐棣送给妈八十大寿（我们在美国按照过九不过十的风俗，当然也是趁着大家都在一起的机会，提前给妈过了八十岁的生日）的生日礼物，一个陶瓷口杯打碎了。我洗了那么多次都没出问题，她怎么一来就打碎了呢？我心里别扭极了，可是也没有办法补救了。只好想，她经常打碎东西，我还曾让她到医院检查过，看看是否有神经方面的问题。这次打碎妈的口杯也许没有什么特别的意思，不过是我的多虑。

但是不要说一切都是突如其来，经过这次大难，我感到凡事可能都有先兆。

见妈手术后恢复得很好，我才把不手术的恶果告诉她。妈说："实际上手术前几天眼睛基本上就看不见了。"

不过我不大信。妈常受心理作用的支配。我给她买过法国一种叫作"都可喜"的药，针对她常受心理作用支配的特点，我特意告诉她，这药是法国造，每瓶三十九元，很有效。妈果然说她服药以后，眼睛清楚多了。其实按照她的病情，吃什么药都不行了。

十月一号，星期二。小阿姨开始替我陪床，我可以回家休息一下了。也不光是休整，还想浏览一下饮食市场，看看能不能给妈调配点花样。

我陪床住院期间，无法分身回家，只能是小阿姨做什么吃什么，妈在营养方面的需要，主要靠保健食品补充，对促进食欲并没有什么好处。我也曾在医院附近的餐馆买过小炒，只要对妈有好处，价格贵贱好说。可是现在的餐馆差不多是徒有虚名，卫生和菜蔬的新鲜程度很成问题，口味也难让人恭维。只有一次，那个红烧海参还算差强人意。我虽然也不会做，但总有那份为妈尽力而为的心意。

我先乘54路公共汽车到王府井，打算在王府井给妈买罐"力多精"。我知道和平里的一家食品店有卖原装的"力多精"，但趁换车之便能在王府井买到最好。

因为是节日，车上很挤。我只能紧贴车门，站在最下一层踏板上。站在上面一层踏板的人，把他们鞋上、手上的脏物，实实在在地蹭在我的身上。下车以后就着街灯一看，我那深蓝色的裙裤上，沾满了灰白色的、可疑的黏液。

装满空饭盒、空瓶子的口袋挂在我的肩上，我不紧不慢，甚至是逍遥自在地走在华灯齐放的大街上，走在身着节日盛装的人群中。

我知道我再也不必着急，妈的危险已经过去，让我们心惊肉跳的生死之谜已经揭晓。我不必再为了妈的等待往医院迅跑，也不必为了给妈送菜，或送别的什么赶往医院，或提心吊胆地等待医生宣告有关母亲的生死存亡……

无声的细雨滋润着我。我没有打伞，体味着只有经过拼搏才能体味到的那份风息浪止后的疲倦的宁静，享受着上帝赐给我们母女的这份恩泽。

行人熙熙攘攘，周遭的世界繁闹而虚空。我肩负着与这世界毫无干系的沉重和与这世界毫无干系的轻松，走着、走着。明白了除了血肉相连的妈，不管你活、你死、你乐、你哭……你和生活于其中的这个世界其实毫无干系。

没有。走遍王府井的食品商店都没有原装的"力多精"。香港造的口感和原装的口感就是不一样，没有那么爽口，也没那么容易冲化。看来还得到和平里去。在我办得到的情况下，我愿尽力给妈提供最好的服务。

我怕日后脱销，一下买了两大罐，每罐一公斤，够妈吃些日子了。可是妈终于没有吃完。

十月二号，星期三。下午给妈擦洗的时候，发现她肛门周围有几小块溃疡。肯定是昨天没有擦洗干净所致。平时每日给她洗两遍，我一回家休整，晚上那遍则由小阿姨代劳。这样的事外人哪能完全彻底。我想，一点操心不到都不行，以后再也不敢依赖他人，一点也不能依赖。哪怕时间再晚，也要给她洗完再走。

回家时经过东单，在东单中药店买了一管马应龙痔疮膏。这种药膏对过敏和溃疡也很有效。本想第二天去医院时再带给妈，因为还在节假期间，公共汽车很不好乘。可是想到这一夜妈会很不舒服，就又挤上汽车回到医院，给妈洗净患处，又涂上药膏，才安心回家睡觉。

一般手术后第三天或第五天就拆线了。妈的伤口因为有了那一番周折，是第八天拆的线。她的伤口长得很好，很平滑。

就是一到晚上，妈就不是妈了。

妈的"谵妄"越闹越厉害。手术后已然消失的尿频，到了晚上又变成几分钟一次，我整夜整夜无法休息。我不是没有经济能力再请一个阿姨来照顾妈，我总觉得这种时候我应该时时刻刻伺候在妈的身边，否则就太对不起她的养育之恩。

再说看护病人的阿姨不容易请到，有一个很有经验的老阿姨，我愿每月给她三百元的工资，她倒是很愿意，但她要长期的合作关系，而我只能在妈住院期间雇用她，因为妈并不是瘫痪在床、长期不能行动的病人，此事只好作罢。

可是这样做的结果不但没有照顾好妈，反而让我犯下不堪回首的过错。

好比服侍妈的大小解。医院的便盆个个摔得残破不全，分到我们名下那个，也是病房里的最后一个。偏偏与身体接触的部位不但摔掉了搪瓷，还凹凸着高低不平的烂铁皮。我始终不明白谁能把便盆上的铁皮造就成这般模样。让小阿姨到医药商店买个新的，她说找不到门。而我又离不开医院去买，只好先凑合使用医院里的便盆。如此这般，我不但要一手托着妈的下半身，一手把便盆放在她身下一个合适的位置，还要在她身体接触那些高低不平的烂铁皮之前，赶快把手翻过来。手心朝上地垫在高低不平的铁皮上，免得那硬铁皮硌疼了妈。

每当这时，妈又一再说起那句不吉利的话："我怎么这么沉啊。"

但我这时的心情，比之八月份她做核磁共振这样说的时候轻松多了。毕竟最危险的时刻已经过去，沉不沉的事就没再往心里去。其实这都不是好兆头。

我终因为不胜任扭伤了腰，而这个过程的每一环节都得动腰上的劲。

我只好让妈在我放便盆的时候配合一下，两只脚尽量往大腿根部靠拢，接着两脚一蹬，身子再往上一撑，臀部就能抬起一些，那就会省我好大的劲。我说："这一点也不难，您的两只脚靠大腿的根部越近，您也就越省劲。"

可妈就是配合不了。我看出她不是不肯这样做，她好像是力不从心，无法把脚靠拢至大腿根部的合适位置，当然也就无法撑起她的身子。有时靠拢一点，也是有其形而无其实。我照旧还是难得不行。

负荷超过极限就要失控。

妈几分钟就要小解一次，可是根本就没几滴。我想，都没病了怎么还这样折腾人呢？难道就不能多憋一会儿，把排尿的周期延长一点？那就会减轻我很大的负担。这样一想之后，手就会重重地拿起她的脚，又重重地往她大腿根部一摆。妈就生气地白我一眼，她一定想到了"久病床前无孝子"的老话。

新便盆终于买来以后，有时妈用完了我也不拿开，就放在她的身下。心想，反正过不了几分钟还得用，便盆又是新的，很光滑，放在身下不会有什么不适。这时，妈却又能撑起身子，把身下的便盆扒拉到一边。

这能不能说明妈本来可以配合我？

当然也说明便盆放在身下还是不舒服。可我却心怀恶意地把她好不容易扒拉到一边的便盆再给她放回身下，企图用这种办法刺激她将排尿周期延长一些。

妈到底清醒还是不清醒?

要是清醒,为什么不懂得心疼我?

要是不清醒,为什么知道把便盆从身子底下挪开呢?

现在我明白了,我是冤枉妈了。她能不心疼我吗?她要是不心疼我,她能坚决要求手术吗?她就怕她成为我的累赘,她就怕她好死不如赖活着地折腾我。这不是刚刚过去不久的事吗?我都看见了、经历了,怎么还能这样冤枉妈呢!她之所以这样折腾,肯定还是神志不大清醒的表现;她的两脚不听指挥,肯定和术后没完全恢复有关;她几分钟一次的排尿,也许是和插导尿管的刺激有关……

又比如,逢到妈一会儿起来,一会儿躺下,几分钟就让我给她改变一次体位的时候,我也认为她过于随心所欲,不大为疲劳的我考虑。累急了眼,在扶她坐起的时候,我难免气哼哼地用力把她往前一。她也总是恨恨地"哎呀"一声,那就是对我如此待她的最严厉的批评了。

或是刚把被套服服帖帖地套在棉胎上,一会儿棉胎就让她起来躺下、躺下起来,弄得滚到被套一头去了。我就会急歪歪地把着她的手说:"妈,您拽被子的时候光拽被套不行,您得这样,被套棉胎一起拽着才行。"这不是强妈所难吗?她那时哪还能顾得了这些!

那时妈可能就像人民医院张主任说的那样,瘤子虽然

母亲与唐棣。一九八六年夏

长城。一九九〇年秋

切除了，可是瘤子周围的垂体细胞经过长年的挤压已然受损，不能正常供应身体各部系统赖以运转的"内分泌"了。如果说妈是因为凝血机制紊乱，最后猝死于某一重要血管的堵塞破裂（如心肌梗死，或脑桥那根主要血管的破裂），那正是由于凝血机制失去"内分泌"的精密调节所致。她认为，就是妈不手术，也无可挽救了。手术前的一切病状，正是身体各系统失去"内分泌"的调节，走向全面崩溃的表现。手术后的一段时间看上去虽好，那是过去体内储存的"内分泌"还没有完全耗尽，一旦那点储存消耗净尽，妈就会走向终结。因为这个过程是渐进的，所以妈无法说出某种具体的不适，只能感到日渐衰败，坐也不是，站也不是，怎么呆着都不舒服，慢慢地走向消亡。

这就是说，我们那时的欢乐，其实是坐在火山口上的欢乐。

而我竟然没心肝地认为身体日渐衰竭，在不可名状的难耐中饱受熬煎的妈是在随心所欲、不体恤我的劳累。不但没有对她更加爱护、没有见微知著地探析她如此表现的根由，反而心生怨气态度粗暴。

如果一九九一年二月二十六号北大医院那位大夫能对我这样说到"内分泌"对人体的影响，妈就是再不愿意做进一步的检查，我也会逼着她去检查的。如果那时就采取果断措施，效果会怎样呢？肯定比七个月以后手术好。对一个老人来说，分秒之间的差异，影响都会非常悬殊，这七个月的时间绝对至关重要。不要说身体的承受能力，就是她储存已然不多的"内分泌"，那时恐怕也还能满足调节凝血机制的需要。

怎么想，怎么想都是我害了妈。

又比如，妈的"谵妄"越闹越严重，大夫表示这是脑手术的正常反应，没有什么解决办法，只能任她一闹到底才不会再闹。我也就没有坚持为妈寻求一个解脱的办法，而是想，挺吧，挺到一定时候就好了。从没想过这种挺法，对妈的体力会造成多大的消耗，特别在妈的身体日渐衰竭的时候。我现在想，"谵妄"可能和梦游一样，是非常伤人的。我那时要是坚持寻找，办法可能还有，好比说针灸、镇静剂什么的。那不但会免除我的许多劳顿，妈也能很好地休养生息。

在妈"谵妄"的时候，我又想当然地认为她如此神志不清，不论我说什么、做什么，她反正都不会听，干脆假装熟睡、不理不睬地任她去闹。

妈不让我在病床两旁安放栏杆，只要一安栏杆，她就双手抓住栏杆不放，力大无比地和我拽来拽去，抢得像是拼命，说是安上栏杆就像坐监狱一样。那肯定是身陷沉疴人的憋闷、烦躁。我不但不体贴她，还自以为保护她不致坠床道理堂皇，狠狠抢过她手里的栏杆，与她作对般地安在病床的两旁。我为什么不能好好地和她讲道理呢？

那时我要是知道妈已来日无多，虽然不能救她的命，至少也能做些让她顺心的事，让她带着一份她所挚爱的人对她的深爱离去。

可是，难道非要等到这个地步，我才能丧尽天良地给妈那份深爱吗？

奇怪的是，妈"谵妄"的时候老叫奶奶和小慧。我从未听她对我说过小慧是谁。

还有一次妈半夜从床上跳起来，对小阿姨说："小月快走，这是鬼住的地方。你这孩子真不听话，怎么不走？我是为你好。"

说着就去开通向阳台的门，急于逃走。小阿姨赶紧把阳台上的门锁了，她开不开门就拼命摇，把门摇得哐哐响。见阳台上的门摇不开，又去开病房的门。小阿姨把病房的门也锁了。她大吵大叫着非要出去不可，一直闹到在护士站值班的护士长都听见了。护士长到病房来看她闹什么，妈却认不出是护士长，害怕地说："巡逻的来了，巡逻的来了。"这才不敢闹着要跑了。

可是妈又对小阿姨闹着说："你给我找张洁去，你给我找张洁去。"

护士长安慰她说："我这就去给她打电话。"听到护士长说去给我打电话，妈才渐渐安静下来。

护士长走后，妈对小阿姨说："我给你张阿姨闯祸了。我闹得太厉害，巡逻队都知道了。"

后来我猜想，小慧一定是妈幼年时代的朋友，一个沉落在记忆深处，也许早就故去的人。不，不是也许，而是一定。不知道为什么，我敢肯定：妈那时呼唤的肯定是两个早已死去的人。

那么，妈说她那间病房是鬼住的地方又是怎么回事？

总之那时我和妈一到晚上就像中了邪，我不是挚爱妈的女儿，妈也不是挚爱我的妈了。

可是一到白天，我们又都为对方竭尽自己最后的一点力气。

我也曾分析妈为什么老"闹"，误以为是她身边有我照料的缘故。如果没有我的照料，她也就无所依赖，无所依赖还能向谁"闹"呢？也许早就可以自立了。

所以我对妈说："您比我强，您老了跟前还有我，我老了跟前还有谁呢？只要您能恢复健康，我宁肯死了都行。"

或许妈辨出了话中的埋怨，即便地老天荒何尝会有因她而无我的荒谬？又忧虑万一我果然落到那种境地，还要考虑为我的埋怨留下伦理道德上的余地，妈含蓄地辩驳道："你可以到唐棣那儿去。"

我却斩钉截铁地说："我才不去呢。"

我为什么这样说？

是生怕妈不明白我的埋怨，非要把为我留下余地、躲在含蓄后面的妈推到前面不可？

是批评妈对我的依赖？

是以我晚年的独立，来表白自己对妈老有所养的功绩？

是以我孤独的晚境，来衬托妈老有所养的优越？

一到白天妈就清醒了。她一清醒过来，就为自己晚上睡着就"闹"的事情着急。她不知怎么想的，认为这是睡得不沉的缘故。所以白天更不睡了，到了晚上也尽量延迟睡觉的时间。以为熬得越晚，睡得越沉，睡得越沉就越不容易发作。

病房里有一个看护植物人的谢阿姨，我给她一些钱，委托她在小阿姨替我值班的时候帮着照看一下妈。毕竟她看护脑病病人多年，这方面的经验比较多，万一有什么情况，知道怎么处理。所以每天晚上，植物人那边的事情做完了，谢阿姨就到妈的病房来坐。

妈就紧紧抓住谢阿姨不放。让谢阿姨给她唱歌，陪她说话、熬夜，不让谢阿姨走。还耍点小狡猾，对谢阿姨说："我最喜欢听你唱歌。"

谢阿姨能唱出什么好听的歌？妈不过是在想方设法拖住人家，陪她一起熬夜就是了。

后来植物人感冒了，接着妈也感冒了。想必谢阿姨是个传染的媒介，我就不让谢阿姨来照顾妈了。不过那时已是十月十七八号，我们也快出院了。

也许还是我的办法有效果。

我对妈说："恰恰相反，您晚上闹不是因为睡得不沉，而是睡得太沉的缘故。您现在白天不睡，晚上也不睡，一旦睡着就会睡得很沉，睡得越沉越不容易清醒，闹得也就越凶。从现在起，您白天一定要多睡，晚上也要早睡，吃过晚饭就睡。睡眠一充分人就容易清醒，越容易清醒也就越容易从'谵妄'中醒来。如果觉得在床上躺的时间太长，不舒服，可以先靠在沙发上睡。睡过一觉，再到床上去睡。这样做试一试，看看效果怎么样？"

不知道是我的办法灵，还是手术的反应已经过去，妈此后果真不闹了。

当然可能还有一个原因，那就是我狠狠地吓唬了她。事情是这样的——

十月十二号下午，我对妈说，十三号中午我有一个不好推掉的外事活动。有位意大利访华代表团的朋友，是我在意大利访问时的"全陪"，对我很是关照，又是我作品的译者。现在来到中国，身在异国他乡又和团长发生了摩擦，心情非常不好，无论如何我应该去看望她。我对妈说，只参加一个午宴，吃完饭立刻就到医院来。

十三号一早，就在我家附近的几个商店跑来跑去，为的是给妈那个合同医院的两位大夫购买礼物。

一位是及时通知我们去做核磁共振的大夫。那时周东大夫好不容易找到一个能够帮助我们尽快做核磁共振的关系，可是周东大夫又不知道我的电话，只好转请一位能够和我取得联系的大夫通知我。要不是她的及时通知，我们就会失去这次机会，那就不知还要等多久。

另一位是神经外科的主任。有人建议我在他那里疏通一下，请他批准同意妈转往天坛医院手术治疗，这样我们也许能够报销在天坛医院的费用。那笔医药费毕竟数字不小，若争取一下能够报销何乐不为？

我不敢跑得太远，怕误了来接我去赴宴的汽车，只好在附近两三家商店之间跑来跑去地比较。太贵的负担不起，太差的又怕对不起人家。最后买了七百多块钱的礼物，心里还觉得不够分量。

神经外科主任收下了礼物。可我却是在妈去世很久以后，才去找他谈转院治疗的事。他拒绝签字同意母亲转往天坛医院手术治疗。

我认为这很正常。试想，他一再对我强调他做过四百多例垂体瘤的切除手术，而我还是自费到天坛医院做了这个手术，做完之后却又来找他想办法报销，这不是太过分、太让他下不来台，甚至是对他的侮辱吗？我竟然找他去谈这种事，不是太不应该了吗？

他还暗示，如果由他来做这个手术，妈也许不会亡故。我没有向他解释，妈去世并不是因为手术。

他拒绝签字倒成全了我为妈尽的最后这点心意。

不过，就是妈再活一次、再做一次手术，我还是不会找他、不会在妈的合同医院做这个手术。

妈的病，不正是合同医院误诊的吗？将近二十年的时间，在眼睛已渐失明而白翳始终没有遮住眼球的情况下，眼科主任还坚持是"白内障"，而没有考虑到可能是脑子里长了压迫视神经的瘤子。

然后我又趁有车之便到韩美林家去取别人带给我的东西。

最后才到午宴上去。

这个安排妈是知道的，但她突然急迫地想要知道我在哪里，我是否安全，非让小阿姨马上给我打电话不可。

也许就在那一天，我已身染大病。爱我比爱自己生命更甚的妈一定感应到了，否则她不会突生这样的奇想。

小阿姨的电话往哪儿打？她们根本不知道我在哪家旅馆吃饭。就是知道我在哪家旅馆吃饭，那么大的旅馆，我到底在哪一层、哪家字号？

为了安抚妈，小阿姨也往家里打了电话，家里当然没人接。妈又让她往我机关打，说机关一定知道我在什么旅馆吃饭。可是小阿姨不知道机关的电话。妈知道，但妈也没有随身带着我机关的电话号码，她就叫护士帮助查找。护士的服务态度不错，在电话号码簿上给妈查到了。小阿姨拿着机关的电话号码正要去打电话，我就到了。

一进病房，就见妈双目眦裂，满眼是大难临头的张皇。

小阿姨见了我，如释重负地说："来了，来了，张阿姨来了。"

这时妈又心慌起来。妈怀疑有婚外恋的那个男病人的家属正在帮小阿姨安抚妈。她说："躺下躺下，休息休息就好了。这是因为刚才太紧张了。"

我也以为妈的心慌是活动太激烈、心情太紧张的缘故，其实那是由于手术时Y大夫没有将刀口缝好，致使术后第三天晚上再次出血，继而出现心率加快等症状，是大病之兆。

每次去医院的路上，我都是分秒必争，就是红灯亮着的时候，也不管不顾地在车流里穿行，哪怕早一分钟抢过马路也好。因为我知道妈在企盼着我。

那时候不像现在，有许多可以提供各方面服务的公司和花费不大的"面的"，方方面面的事情全靠我一个人应对。

单说每天一早背着一兜汤水炒菜挤换公共汽车就耗去不少力气。我最怕挤106路电车，也许是我挤车技术不佳，常常挤得满腿是伤。有一次甚至将内裤的松紧带挤断，要不是外面的裤子上扎着皮带，真不知怎么收场。经过那段时间的锤炼，现在不论碰见什么量级的"挤"，我都不怕了。

由于连日的焦虑、伤情、担忧、恐惧、劳累，体力消耗很大。在快速往来的车辆里穿行往往会让我感到两腿发软，头晕眼花。

而且妈的病房还在六楼。

刚进医院的时候，我每天还能轻捷甚至是潇洒地在楼梯上上上下下走几趟，渐渐地我就潇洒不起来了。

医院里有电梯，虽说只供病人或护士、大夫使用，但情况也不尽然，一切要看开电梯人的性情。

有个和我同年的女同志，还有一个文学爱好者对我很是照顾。如果是她们在开电梯，那就是我的运气，怎么也能蹭上电梯。

也有大碰钉子的时候，而且碰得嘎嘣脆。一天早上，我背着很多东西来到医院，看看楼梯，实在上不动了。便老了脸皮，低眉敛气地走进电梯，对那位开电梯的女士说："我实在太累了，您看我又拿了这么多东西，谢谢您让我乘乘电梯吧。"

她的手往电梯外面一挥，简明扼要地说："出去！"

我只好夹着尾巴走出了电梯。

她连看都不看我一眼，我相信她如果看我一眼，怎么也能发点善心，一定不会那样对待我。

不巧，十三号这天开电梯的正是那位丝毫不肯通融的女士。鉴于以往的经验，我自知没有指望地往楼上爬。而且还是一步两个台阶——妈一定等急了。

我甚至听见我大腿前面的两块肌肉，在拉起两条腿的时候噔噔地吃力地响着，就像一辆已经难以发动的老旧汽车，非要跑起来不可地嘣嘣着。

看到妈闹成那个样子，我真是又急又气又委屈，觉得她太不体谅我。

我心里想：我已经很努力了，妈，您为什么不懂我的心呢？您已经让您自己的心和我的心，都累得没了一点汁水了。

您累，比我自己累还让我忧心。结果是我的心就和您的心一块儿累着，是累上加累了。

急得我恳求地说："妈，我真的很累。我知道您爱我，可是爱得太过也是一种负担。我已经很着急了，为了早到医院一分钟，我差不多分秒必争，连过马路都是横冲直闯。您再这么催我，我就更急了。一急就容易出事，那不就是催命吗？到那时候，您就后悔莫及了。"

我了解自己，装了那么一肚子的心思，这恳求比发火还煎熬人。

妈不回答。我看见她放在被子外面的手，颤颤地抖着。

后来想，我这样说她，妈心里一定也很委屈。她不正是因为爱我、担心我的安危才这样紧张的吗？

我又说："咱们哄着人家还来不及呢，怎么能为这样的小事麻烦人家，像查电话号码的事，人家管得着吗？要是把人家弄烦了，到了真有要紧事的时候，人家还能耐心细致地照管您吗？"

妈没看见吗？除了危险期间有特护照顾，特护走了以后，哪样事不是我这个一点医护常识也没有的人在时刻关注着她？幸亏妈没有出别的事。

可是她一定听不进去这些话。对她来说，首先是我的安危，至于她自己到了要紧的时候人家怎么待她，她才不考虑呢。

妈把我的韬晦之计当成了我在人际关系方面的才能。看我在病房里似乎很玩得转的样子，曾当着我的面对小阿姨说："你张阿姨在哪儿都能打开局面。"

我没吭气，只对妈得意地笑笑。

妈，那叫打开局面吗？那是当下三滥、装孙子，并以此来讨取人家的欢心。

即使在为签不签字手术而忧心如焚的情况下，我也得强颜欢笑，陪着前来消闲解闷或观赏名人的人高谈阔论。那是真正不惜血本的感情投资，为的是妈在紧要关头，能够得到较为悉心的照料。

恐怕这种对外的投降主义和我的宵小之心也不无关系。

比如说，我能得罪小阿姨吗？得罪了她，我不在家的时候她能好好照料妈吗？不得罪她，说是为了好好照料妈，其实还不是为了我自己可以抽身而去？

这时妈又要喝水，真给她端过水去她又喝不了几口，止我们端走。或是刚在床上躺好，又让我们扶她起来喝水。

一会儿躺下，一会儿坐起，每种体位都保持不了两三分钟。

我压抑着心里的不满恳求说："妈，您天天晚上都闹得我们一点不得休息，要说您晚上闹那是因为'谵妄'没有办法控制，白天您再闹就说不过去了。小阿姨晚上照顾您已经很辛苦了，白天咱们应该尽量让她休息，如果她白天也得不到休息，累得撂了挑子，临时再上哪儿去找这么一个熟悉情况的阿姨？现在的情况是越少出问题越好。"

我每天到医院后，什么也不让小阿姨干，而是让她把折叠床撑到阳台上去睡觉。为的是让她晚上和我轮换着陪床,我的体力已经消耗得不能独自支撑这件事,所以特别害怕小阿姨撂挑子。

其实,妈哪儿是折腾人,她是病得开始折腾自己了。

妈好像根本没有听进我的话,一会儿又要坐起来。我没好气儿地扶她坐了起来,并让她自己穿上夹克。

妈的手颤抖得更厉害了。

时间过得越久,我越能琢磨出妈当时的神情。她不但忍耐着极大的不适,还要在我的逼迫下挣扎着穿衣。逃遁无门,所以她心神败坏地瞪视着前方。

妈看也不看手里的夹克,拿起夹克的下摆当领子,伸出胳膊就去穿袖子,那怎么能够穿进去?我不但不帮妈纠正,还冷酷地说:"好好看看,那是袖子吗?那是袖子吗?"

任妈长期这样"闹"下去总不是个办法,特别是在晚上,没有人手可以替换的我和小阿姨,我们实在太辛苦了。别的病人都有老婆、丈夫、儿子、媳妇、女儿、女婿什么的一齐上,就是那样他们还感到力不能支。更何况我除了陪夜还要应付一切想到或是想不到的、一环扣一环的、方方面面的事情。

我只好想出这样的办法骗妈:"您闹得病房里的大夫、护士、病人都对您有意见了。我一到医院,大夫护士就抓住我反映您的情况,让我带您出院,所以我都不敢到医院来了。老房子交了,新房子还没装修好,出了院咱们上哪儿去?只好住到老孙那儿去。"

我知道妈最怕住到别人家里去,就拿这个威胁她,希望她能迷途知返,知难而改,在医院和先生之间做出选择。

妈一辈子都没痛痛快快地活过,她非常看重别人对自己的反映。她老对我和唐棣说:"别让人家说咱们的闲话……"

每当这时,我和唐棣就会激烈地反对:"偏不!为什么要在乎别人的闲话?有些人吃饱了不干别的,就会拿闲话害人。人活一辈子不易,再为那些别有用心的闲话委屈自己,不是太傻了吗?"

有时,妈会自寻烦恼地说:"某某今天和我走对面也没理我,是不是对我有意见了?"这肯定和她自小寄人篱下,一切要看别人的眼色行事有关。

因为深知妈的忌讳,我就编造大夫、护士对她反映不好的假话吓唬她。

又吓唬她说:"您什么时候改好了,我什么时候再到医院来。您要是不改,我就永远不来了。"

这样吓唬妈,我实在太无情了。

人上了年纪,本就来日苦短,和至亲至爱的人多守一会儿是一会儿,谁知道明天乃至以后(还有多少个以后?),

还有没有这样相守的时机？更何况她的情况越来越不妙，这时她心中一定明白，一天看不见我，就少了一天母女之间的生聚。

"我永远不来了"，这对她是多么大的打击。

妈又怎能知道我仅仅是在吓唬她呢？

我又偷偷地安排小阿姨："你要配合我，常常提醒姥姥，跟她说'您要是不闹我就去打电话把阿姨叫来'。"

晚上回家的时候，我又拐到陈敏华大夫家去取我托他给妈买的"保护一号"，这是北大医院为预防放疗的副作用而研制的中成药，据胡容说效果很好。直到现在，这些药还在家里放着，散发着一股凉森森的味道。

第二天我果然没能到医院去，我找装修公司去了。我想让他们抓紧时间把新房子装修好，因为妈就快出院了。朱毅然主任已经谈起出院的时间问题。别人手术后三四天就出院了，我们已经住了二十多天。可是那个装修公司根本不讲信誉，扯皮扯到下午，问题照样解决不了。从装修公司出来已经很晚，我就没再赶到医院里去。

这天小阿姨按照我的安排问过妈："姥姥，您想不想阿姨？您要想阿姨我就去打电话把阿姨叫来。"

妈伤感地说："她生气了，再也不会来了。"

这件事纯属巧合，却伤透了妈的心。

长洁在德国法兰克福国际书展瑞典PRISMA
出版社展板前,展板左下角的文字是对《沉
重的翅膀》的介绍。这次书展上有挪威
ASCHELOUG、丹麦HEKLA、芬兰OTAVA、
亨兰GUES及瑞典PRISMA等多家出版社介绍
长洁和《沉重的翅膀》。一九八七年十月

唐棣的毕业照。一九八九年，美国，WESLEYAN大学

从此妈晚上不再闹了,睡得也安静了。

也许,正是我这一番"训话"把妈吓坏了,怕我真会因此丢弃了她;同时也深深地伤害了她的自尊和自信,以至后来她真到了不行的时候,也忍着不说了。

凡此种种,自然都是我的过错,但也不能回避人负荷超过极限就会失控的现实。

也许我不该怨天尤人,要是在西方的医院,他们决不会让病人家属累到这种神经失常的地步,也不会允许病人家属抢医护人员的饭碗,替医护人员干那本该是他们干的种种事体。那万般事体要是分摊在每日轮换一新的医护人员身上,反倒能让他们有充分的精神和力量,将其转化为"南丁格尔"的崇高精神。

谁让我们住的是九十年代、社会主义初级阶段的医院,哪怕是五六十年代的医院,也不会发生这种让人追悔无穷的恨事。

可是,妈一不闹,就显出衰败的样子了。

十月十五号,星期二。

上午一到医院,就发现妈的脸色一反前些日的红润白皙,突然变得晦暗起来。额头上手术钻孔的部位,还塌进一个黄豆大的小坑。

我马上去找大夫，病房里却一个大夫也没有。又到罗主任的办公室去找罗主任，他也不在。可是下午三点我还得赶到新侨饭店，前天作协已安排我到机场送那位意大利朋友。她已经和他们团长彻底闹翻，决定提前回国。如果我再中途变卦，肯定会使她更加烦恼。

我又无知地认为妈的情况不大要紧，便安排小阿姨在我走后继续寻找大夫，而我会不断地和她联系，如果情况紧要我将及时赶回医院。

晚上打电话给小阿姨询问妈的情况，她说大夫看过了，说什么问题也没有。岂不知当时已是大难临头。

第二天我到医院后，又找大夫反映妈的情况。大夫说妈脸色晦暗是正常现象，因为手术中的淤血还没有吸收干净。

淤血是块状不均匀的分布，而妈是整个面部都晦暗了。

我说："不对，她手术后脸上确实有过淤血，但是五六天就吸收完了，脸色不但恢复了正常，而且又红又白比手术前更好，怎么突然又有淤血了呢？"

大夫还说是正常的。至于额上塌进的小坑，大夫也说是正常现象。

护士们也这样安慰我说，有些病人的钻孔部位还鼓出一个大包呢！

比起一个大包，一个小坑自然算不了什么，更不必着急了。

我不是大夫，连一般的医学常识也一窍不通。我还能说什么呢？我只能说我对妈身上那些哪怕是很细微的异常现象都相当敏感，而后来的事实又证明，凡是我敏感到的异常，果然都是生死攸关的大事。

如今，我只能无穷悔恨地想，当时为什么没有竭尽全力，坚持到底地把我的疑问弄个明白？

后来看到一本民俗讲话，其中说到病人脸色突转晦暗，就过不去半个月了。妈正是在脸色转暗后的十三天去世的。我那时要是懂得这一点，妈还会有救吧？

妈留给我的许多谜，只能等我也去到那个世界的时候，才能解了。

确如人们常说的那样，医生只能治病，治不了命。

既然我已发现，并屡屡向医生指出了威胁妈生命的要害，医生却把它放过了，这不是妈的命又是什么？

一九九三年六月十二号，唐棣带我在纽约做了全面的身体检查。为了验证那一次检查的结果，我离开美国之前，七月八号，她又带我做了第二次检查。回国后，我将这些检查结果请同仁医院的一位主任过目。她说，这个血液检查的项目太详细了，要是妈手术后每隔三天能做一次这样的血象检查就好了……她没有往下多说。

我明白，要是妈手术后每隔三天能做一次这样的血象检查，不仅她的血液动力的变化，哪怕任何方面的变化都可能早就发现了，那就可以尽早采取一些措施，虽说不能完全防止后来的恶变，但至少我可以说，我们努力过了。

可是妈手术后，只在第四天早上做过一次 CT，那是因为前一天晚上因 Y 大夫负责缝合的右侧刀口不尽如人意，引起大量出血，值夜班的王集生大夫再次缝合后，需要确认这次出血是否回流脑膜、引起颅内血肿。除此之外，连出院前的例行检查也没有做，更不要说每隔三天做一次这样全面的血象检查了。

我深知在中国平民百姓做这样的检查目前还没有条件，可是出院前那次例行的检查呢？哪怕仅仅是再做一次 CT 检查？

就算医师没有想到，我也应该主动提出啊，而我那时却不懂得应该提出这样的要求。妈去世后，我反复思考导致她去世的各种可能时才明白，本该做的，也许能挽救她于万一的许多事，我们都没有做。现在我倒是懂得一些了，可是还有什么用呢？

我甚至没有追究过 Y 大夫的责任。

追究为了什么？如果追究能挽回刀口缝合不好给妈造成的损伤，能让妈起死回生的话，我当然穷追不舍。可我就是追究到天上，追究到地下，妈的损伤也没法弥补，妈的生命也无法追回了。就连这个惨痛的教训，该记着的人也不一定记着。因为，它只是我的惨痛而已。

十六号下午，我发现妈感冒了。

在病房里没有找到大夫，就请护士开了"感冒灵"的处方。

病房和药房的联络通常在上午进行，便自己拿了处方到前楼门诊部的药房去取，这样可以马上拿到。

妈对这次感冒相当重视，服药认真、及时。

十月十七号，星期四。早上妈有些咳嗽，并带有少量白色泡沫的痰液。

小阿姨问她："要不要吃药？"

妈就说："我想吃药。"没等我到医院，就让小阿姨去找大夫开了医治咳嗽的处方。妈怕护士送药不及时，还让小阿姨到护士站查看药房是否已按处方将药送来？果然如妈所料，药就在护士站的柜台上端端地放着，小阿姨及时取了回来。

那时她对生命还抱有很积极的态度。

我到医院以后，又让护士给妈开了一些治疗感冒的中成药。

这一天，眼科大夫给妈复查了视力。

本来说好由我带妈去复查，却不知怎么改了时间，因为我还没有赶到医院，只好由小阿姨带她去复查。复查的结果，妈的视力与手术前相比，没有多少改善。

我不相信这个检查结果。

谁能像自己儿女那样耐心，在老人们已经无奈到最琐细的行为都需要他人辅助才能完成的情况下？何况小阿姨也不懂得如何配合医生。

妈刚入院时，我带她做过这项检查，医生就是根据病人的眼睛随着指挥棍的滑动，口述那指挥棍的位置来判断病人的视力、视野。我看着前面几个病人根本没接触过这种检查的样子，反应迟钝、所答非所问地走了过场。好在不过是视力检查，有些出入问题不大。幸亏我的态度谦卑，并善解医生的意图，使妈配合得算是默契，好歹把妈的视力查了个八九不离十。

这天妈有点怪，她对自己视力恢复得好坏似乎兴趣全无，而前不久她还在希望自己尽快恢复健康。就在早上，她还想尽快治好她的咳嗽。

不过妈催我快去检查室，说为她做过特护的护士正在那里，她可以根据这次检查的结果，给妈配副合乎目前视力的眼镜。

如果真是这样，不比去眼镜店配眼镜方便多了？我兴冲冲地跑到前楼找到那位护士。不知为什么，她的态度和当特护的时候大不一样,让我一下回想起妈入院那天,她正巧在高干门诊值班,也是如此的淡漠。她问我:"这个检查和配眼镜有什么关系?我们医院又不是眼镜店,怎么会给病人配眼镜!"

妈是怎么听的?

这可能是妈的误会。以为一查视力就和配眼镜有关,便向人家提出这个要求。人家跟她说不清楚,只好虚应。

能这样虚应妈,而不是一个钉子把她碰回去,我难道不该知足吗?

我虽然空手而归,倒也没有多沮丧。配眼镜的事情不急,出院以后再配也行。

复查既然失败,我倒要自己试试妈的视力恢复到什么程度。回到病房,我让妈先戴上她的眼镜,试着看看药盒上的字。她说看不见。

这个手术难道白做了不成?她手术后的当天,就能看清我一次又一次伸给她的手指头,怎么现在反倒后退了?想了想才恍然明白,妈戴的还是我们从美国回来后配的那副眼镜。

那时妈的视力差得根本测不出度数了,我央告眼镜店的师傅,好歹给算个度数,配一副。那副眼镜的度数自然深得不能再深。即使那样,妈戴上以后还是看不清楚。现在视力恢复后再戴那副与视力不合的眼镜,当然不行。

我让妈戴上我的眼镜试试，妈不肯戴，说她的度数比我深，怎么能戴我的眼镜？我说她的度数并不深，不过是因为瘤子压迫视神经的缘故。

戴上我的眼镜以后，妈能认出"虫草鸡精"药盒上的"虫、草、鸡"三个字了。她似乎高兴起来，不过她就是高兴也不会像有些人那样喜形于色，比如我。

晚上回家的时候妈提醒我："家里还有盒'痰咳净'，明天你给我带来。"这难道不是说明，妈那时的意识还很清楚？

十月十八号，星期五。

遵妈的嘱咐，从家里带来她平时咳嗽时常吃的"痰咳净"喂她吃下。

这一切还都历历在目。她坐在病房里的太师椅上，我站在她面前，用药盒里的小勺喂她吃药之前还说："您先屏住气，拿嘴唇把药抿进嘴里去，把药在嘴里含湿了再咽，小心药面呛了您。别咬小勺，不然药面沾了唾沫就黏在小勺上了。"

妈还是咬了一下小勺，把药弄湿了一点，还有点呛咳。记得我的心立时为她小小的呛咳微微地紧了一下。

这盒"痰咳净"我还留着，特别是药盒里的小勺，上面还沾着被妈抿湿后又干结了的药面。

十月十九号，星期六。

妈这次感冒没拖多久，也没有服用什么特殊的药，不过就是"痰咳净""感冒灵"之类的小药，到十九号就完全好了，似乎妈的体质还不错。可是，怎么十天以后妈就去了呢？

晚上回到家，照例往医院给小阿姨打个电话。凡是她陪妈过夜的时候，晚上我总要打个电话，问问我离开医院后的情况。

这天她接电话的时候，要带妈一起到电话室去。妈原说不去，小阿姨还是带她去了。她向我汇报了妈的情况以后，就让妈跟我说两句话。

妈接过话筒对我说："你猜我是谁？"

我笑了，心想，这还用猜。"您是我妈呗！"

我听见她也笑了。

我问："妈，您好吗？"

她说："挺好的。"

想不到这就是我和妈这一世最后一次通电话了。

十八号或者是十九号上午，朱毅然主任找我谈话，他说等做手术的人很多，已经有三个病人等用我们那间病房，妈术后情况良好，可以准备出院了。

大约一周前他就有让我们出院的意思，应我的请求又让我们多住了几天。

装修公司一而再，再而三地对我说，马上就完工，马上就完工。我真以为过几天就会搬进新家，何不让妈出院就直接进新家去呢？甲大夫也是这个意思，并为我们进行了斡旋。可是左一个马上，右一个马上，一点搬进新家的影子也没有，我不好再赖着不走，便决定二十一号出院。

算下来，妈前前后后在医院里住了一个月零二十二天，也就是手术后二十八天出的院。

关于出院后每天来医院放疗，还是不出院住在医院里放疗的问题，也和甲大夫进行过研究。

本来考虑住院放疗，后来得知，如果放疗就得住到前面的放射楼去，不能再住综合二病房。由于放疗的床位很

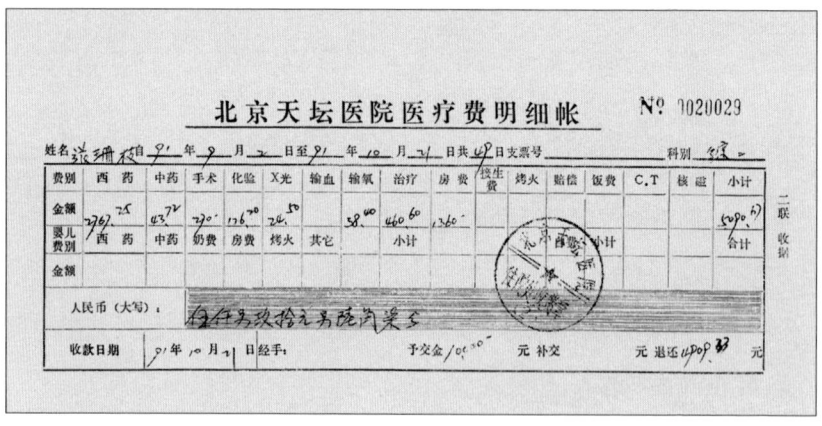

母亲在天坛医院住院的账单，一九九一年九月二日至十月二十一日

紧，甲大夫还特地为我们到放射楼预定了一个床位。但那里没有单间病房，这就又面临没有一个可供妈方便使用的厕所，以及我陪住的难题，只好作罢。

甲大夫又向我推荐北京医院，认为他们那里的放疗水平较高，他也有熟人在那边，仍然可以多加照应。

妈一听说出院，就提出能不能住旅馆。

我倒不是怕花钱，找个花钱少，甚至通过关系找个不花钱的招待所也是找得到的。只要妈心里顺畅，花钱也是应该的。只是觉得住旅馆很不现实，不但饮食起居很不方便，特别是妈出院后还有很多事情要办，诸如放疗、吃中药、熬中药等等。

我不加考虑地说不行。

见我那样斩钉截铁地回绝了她的请求，妈只好忍住自己的惶恐。

我很理解妈的惶恐。她倒不是怕我的先生，她对他一无所需、一无所求。她只是不愿意住别人的家，可是不住先生那里又怎么办呢？

十月二十一日，星期一。

上午到病理切片室去拿妈的病理切片，以便作为日后放疗的参考。病理室的张大夫一面看切片一面问我："你母亲最近是不是有一次大发作？"

我说:"是的。"

他又问:"你母亲平时是不是养尊处优?"

我说:"那倒不是,就是这几年年纪大了,手脚不便,请了个小阿姨,家务事才不让她干了。"

张大夫说:"你这是害了她了。你母亲的脑萎缩很严重,应该让她多动。她自己能做的事尽量让她自己做,不要替她做。你越不让她做就越是害了她。"

他甚至谈到对他所带的研究生的态度:"我就是要常常踢他们的屁股,只有这样严格要求他们,才能使他们成才,才是对他们最好的帮助。"

他这番好意,和我对如何安排妈安度晚年的某个意见不谋而合。

妈虽然十几年如一日坚持不懈地锻炼身体,但在实际生活中却运动不多。为此我常批评妈:"您那是锻炼吗?跟演个角儿差不多,锻炼完了您那角儿也就跟着卸妆了,联系生活不多。"

那时我太不理解妈的苦心,她不是不联系实际,她是为了我而谨慎地活着。现在我才想起她常说的话:"我可得小心点,我要是摔断了哪儿,不是给你添麻烦吗?"

看到妈越来越老态龙钟,我就越发相信"生命在于运动"那句话。特别是在多次给妈检查身体也没查出什么病以后,便以为只要多多运动,妈就能长寿。

到了现在，我对这个世界还有什么可求的？只要妈好好活着，多陪我几年，我的日子就好过多了。

所以逢到小阿姨不能陪她、我陪她走步的时候，我老觉得她那个速度起不到锻炼的作用，便拉着她疾走，比小阿姨陪她走步的速度快多了。妈就狠狠地瞪我，可我还是拉着她疾走。她哪儿挣得过我？只好吃力地跟着我跟跟跄跄地往前走，一走就走出一身汗。我觉得只有这样对妈才好，对她说，出汗好，出汗是新陈代谢。可是我一不在，她又和小阿姨慢慢腾腾地走步了。

为此我对小阿姨们很有意见，认为她们顺着妈的意思得懒且懒，不好好完成任务，对付我。

我对妈也有意见，这样做对她有什么好？对她没什么好，不也就是敷衍我吗？

张大夫强调的不过是老年人多活动的好处，但是到了我这里就矫枉过正，何况还有脑萎缩的恐惧在威胁着我。

从病理切片室回来后，我就对妈夸大其词地说："妈，大夫一看您的切片就说您过的是养尊处优的生活，这对您一点好处也没有，今后您可得好好锻炼身体了。"我希望借大夫的话，再往前推推妈。

妈当然不理解我编造这些假话的苦心，对这种说法很不高兴。她一辈子都在水深火热中挣扎，哪儿来的养尊处优？脑萎缩并不见得就是脑满肠肥、寄生生活的结果。

中午我去附近的理发店理了一个发，买了一个铜的枝形烛台，想要装点一下我和妈的新房子。我多么急切地想要进入我为妈和我筹划已久的日子。我还买了两斤妈爱吃的糖炒栗子，回到医院给妈剥了一些。我看出妈吃得很勉强，因为她不吃几个就辜负了我的一片心。可是我并没有深想，妈为什么对平时很喜欢吃的栗子失去了兴趣？

下午出院以前，甲大夫和手术室的郭大夫、谢阿姨都来和妈告别。妈只对甲大夫说了一句："甲大夫，欢迎你有空到我家来玩，我这个人不会说话，不会表示热情。"

我不明白妈说这些话的时候为什么神情惨淡，嘴角上勉强牵出一丝苦苦的笑。眼睛也不看着甲大夫，而是看着别处。我回想起她从十五号脸色变得晦暗以后，和人谈话时就常常不看着对方的脸，而是低头看着地面，或是看着别处。

和甲大夫说完这句话，妈不但不再和特地前来与她告别的人们应酬，反而从沙发上站起来，走出病房，扶着走廊里的把杆在走廊里站着。

妈还悄悄地对小阿姨说："真烦，他们怎么还不走。"

这很不像妈了。过去不论谁给她一点帮助、好处，她总是感恩戴德、想方设法地报答人家还来不及，哪儿会这样对待为她进行过精心治疗的大夫，以及照看、陪伴过她的谢阿姨。

妈那时肯定已觉难以支撑，哪儿还有心气顾及唯有欢蹦乱跳活下去的人才会顾及的凡尘琐事？

或许妈已心存疑惑和怨尤，人们不但没有把她的病治好，反倒可能把她送上了绝路……

甲大夫和谢阿姨送我们上电梯的时候，我悄悄叮嘱妈："跟甲大夫、谢阿姨说个谢谢，说声再见。"

妈的眼睛里带着绝望到底的神情，直直地望着前面的虚空，没理会我的话，更没按着我的话去做。

谢阿姨拉着妈的手说："你不会忘记我吧？你还喜欢我吗？你不是最喜欢我唱歌给你听了吗？"

不论谢阿姨说什么，妈都好像不认识她似的不予理睬。我不由在心里检讨，是否我有什么事情做得不对，让妈不高兴了。

我又想，您担心一睡着就"谵妄"，便索性不睡，老拉着谢阿姨的手不让人家走，让人家半宿半宿地陪您熬夜、唱歌给您听，现在，您这是怎么了？

谢阿姨热情地把妈一直送进了电梯，似乎还有说不完的话，差点没跟着电梯一起下了楼。

妈这种心烦气躁的情况，在瑞芳第三次来看望她的时候已见端倪。当时妈睡在床上，我和瑞芳坐在沙发上小声谈话。妈先是在床上动来动去，可能就是心烦又不好说，后来还是忍不住地说："你们小声点好吗？"我以为她不过就是想睡觉而已,便把声音放得更小,可是过了一会儿,她干脆不客气地提出:"你们别说了吧!"

这在妈都是非常反常的现象。

下了楼,先生的司机一眼就看出妈的气色不好,说:"姥姥的脸怎么黑了?"他多日不见妈,这个感觉自然就更加突出。

我仍然不醒悟地答道:"大夫说淤血还没有吸收完呢。"

妈却先和他打了招呼,不过叫错了他的姓。这也不够正常。妈记性极好,从美国回来后,看到电视中一个说书的名角,我怎么也想不起他的名字,妈却脱口而出:"田连成。"

回到先生家,我领着妈四处参观了一下。她还显出星点兴致,扶着阳台的墙,往外看了看说:"还有个小花园呢。"

我安排妈住在客厅里。那房子朝南,在暖气没来之前比较暖和。又让她睡在长沙发上,因为沙发比较矮,这样便于她的起坐。

不知道为什么,就是从这两天开始,妈连从椅子上站起、坐下也有些困难了。在医院里每每坐到桌前吃饭的时候,她的身子要紧贴着桌子,两手用力把着桌沿才敢往太师椅上坐。以前不过是躺着的时候才需要别人帮助坐起。

考虑到妈是睡在沙发上,特别又是先生家里的沙发,

母亲(右一)去美国探望唐棣，在旧金山机场。一九九〇年二月二十四日

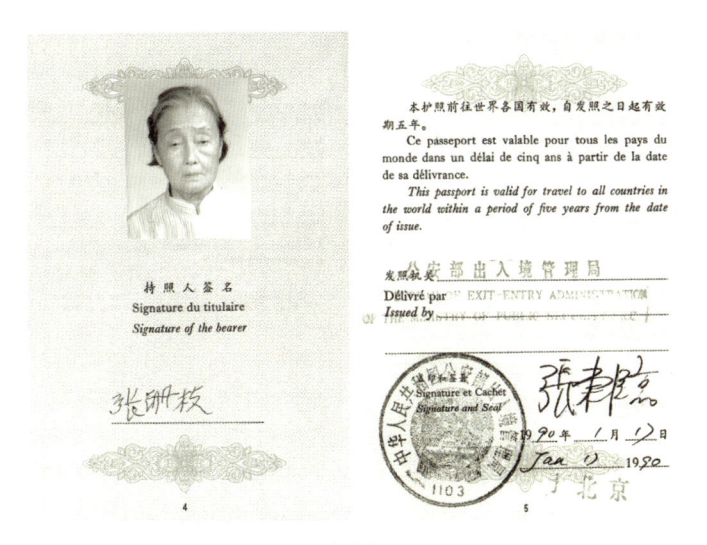

母亲的护照

母亲七十九岁生日。一九九〇年三月十一日，美国

我们送给母亲的生日贺卡

她可能会有所顾虑。比如担心自己像在医院那样该上厕所的时候醒不过来，弄脏沙发，便索性不睡；或不停地上厕所睡不安稳。我又赶到和平里商场，给她买了一个"尿不湿"，免得她担心弄脏沙发不能安心养息。

妈问小阿姨："买'尿不湿'干吗？"

"您就是不能起夜也不用担心了。"

妈还是说："要是尿在上面多不好。"

所以，虽然有了"尿不湿"，妈还是照样起夜多次，她从来是一点享受都不会贪的人。只在她即将远行，不能控制自己的情况下用了一次"尿不湿"，也是她此生唯一的一次、最后的一次。

晚饭以前，先生开了电视，我领着妈坐到电视机前，想等新闻联播结束后，让她看看她最关心的天气预报。可是她只坐了几分钟，没等新闻联播结束就回客厅去了。不知是身体不适，还是不愿和先生无言相对。

在这一切安排好之后，我又去赴《吉林日报》的聚会。

然后，又到老家去取妈心爱的猫。

妈住院期间，我搬了半个家。因为新房子是用我的两套两居室房子换的，机关又把这两套两居室的房子分给了两家。其中一家非逼着我腾房子不可。那时我要在医院照顾妈，根本没有精力去操心装修公司装修新房子的工作，他们干了几个月之久，我还是搬不进新家。只好把一部分东西，诸如家具炉灶、小阿姨、我和猫，挤进另一套房子。床也拆了，家具摞家具，连下脚的地方都难找。好在我和小阿姨那时是以医院为家，就是其中一个回到家里，也是就地一躺。这就是妈出院后根本无法住进不论老家或是新家的原因。一部分东西（主要是书籍和衣物），塞进新家最小的一间屋子，因此堆放得非常满，几十个纸箱一直摞到屋顶。这也是妈过世时，根本无法取出她喜爱的衣服的原因。

妈出院的这一天，我、小阿姨和猫，自然也要随妈过到先生这边来。

原打算第二天再去取猫，因为我实在太累了。可是我们都住到先生这边以后，晚上谁喂它呢？它饿肚子怎么办？更主要的是妈已经很长时间没有看见它，非常想念。

自从唐棣远离我们，我又经常在外奔波，我们都不能经常伴随在妈的左右，猫就成了妈的另一个孩子，陪伴她度过一个又一个寂寞的日子。

有一次邻居问妈："你外孙女和闺女都不在家，我还老听见你在说话，你们家还有一口人哪？"

妈说："没有，我是和猫说话。"

不过就是说我们家还有一口人也不为过。

它难道不是我们家的有功之臣吗？不但可以替我们安慰妈于一二，妈也可以在照顾它的生活中，消磨一些人到老年就不知如何排遣的时光。

不要小看这只猫,它的力气其实很大。单是把它装进纸盒,再把纸盒用绳子捆上,就费了我不少力气。

一路上它更是鬼哭狼嚎。

我一手扶着自行车的车把,一手背过去不断拍打着夹在自行车后座上的纸盒,口中还不断喊着"咪咪、咪咪"地安抚它。

它在纸盒里乱蹬乱踹,弄得自行车摇摇晃晃很不好骑,又赶上修路,不时还得绕行或下车来推行。到了先生家,已是晚上十一点多了。

在十月下旬的天气,我竟汗流如雨。

刚把它放进客厅,我注意到,妈没让人扶,一下就坐起来了。

我马上想,妈真是躺下就不会坐起来吗?

我看见妈欣喜地笑了。妈,我为的不就是您这一笑吗?

可是我突然发现,我的背包忘在门户不严、等于是废屋的老家了。那里面有我全部的钱财细软,只好返回去取。等再回到先生家里,已是午夜十二点多。我一头扎在床上,一下就睡着了。

刚睡了几十分钟,我突然醒了。然后就睡不安稳了。虽然有小阿姨陪妈睡在客厅里,我还是不断起身到客厅里看望她,见她安详地睡着,便有了很实在的安慰。

当然，大功告成的兴奋也使我无法入睡，我长久地注视着妈，就像欣赏自己的一个杰作。我怎能知道，那其实是我一生中最大的败笔，而妈就要离我而去？

十月二十二号，星期二。

我很早起身，说是给大家做早饭，其实真是为妈。

煎蛋和"培根"。国产的"培根"质量不太好，只能拣最好的几块给妈，余下的是先生和我、小阿姨平分秋色。

妈的手又不大好使了。一块煎得很好的"培根"从她筷子上掉了下来，妈像犯了过错，轻轻地"哎呀"了一声。

我说："没事。"

妈懊恼的也许是惋惜那块煎得不错的"培根"，更懊恼的也许是我为她的劳作让她白白掉在了地下。

这是很小的一件事，可我现在仍然能清楚地记起，我想它肯定不是无缘无故地在我心里留下了痕迹。

对，我懊丧那么好的一块"培根"妈没有吃到嘴里去。一块煎得很好的"培根"就那么容易得到？要以为那仅仅是一块煎得很好的"培根"就错了。

还有，妈那像是犯了过错的神态让我心痛。妈，您就是把什么都毁了，谁也不能说个什么。这个家能有今天，难道不是您的功劳？

后来妈要上厕所，我有意要她锻炼自己从马桶上站起，没有去扶她，也不让小阿姨去扶。

妈先是抓着马桶旁的放物架，企图靠着臂力把自己拉起来。我把放物架拿开了，迫使她只能依靠自己的力量站起来。

可妈就是不肯自己站起来。

我那时真是钻了牛角尖，认为站得起站不起，对她脑萎缩的病情发展至关重要。如果从这样小的事情上就倒退下去，以后的倒退就更快了。

为了让妈自己站起来，我实在用尽了心机。

我先是假装要把她抱起来，然后又装作力不胜任、歪歪扭扭像要摔倒的样子，嘴里还发出一惊一乍的惊叫。心想，妈那么爱我、疼我，见我摔倒还不着急？这一急说不定就站起来了。

可是不行。

我又推高动员的档次，打出唐棣这张王牌："唐棣年底就回来了，她不是说要带您去吃遍北京的好馆子吗？您自己要是站不起来，她怎么带您出去呢？"

还是没用。

深知妈盼望着一九九二年我带她到美国去和唐棣团聚，又说："您也知道，飞机上的厕所很小，根本进不去两个人。您又爱上厕所，要是您自己站不起来，我又进不去，怎么办呢？"

这样说也没用。

又知道妈极爱脸面，在先生面前更是十分拘谨，便故意打开厕所的门，明知先生不过在卧室呆着，却做出他就在厕所外面的样子，说："你看，妈就是不肯站起来。"

妈着急地说："把门关上，把门关上。"

就是这样，她还是站不起来。

我发现，妈起立时脚后跟不着地，全身重量只靠脚尖支撑，腿上的肌肉根本不做伸屈之举，自然就不能出劲，不能出劲怎么能自己站起？

我立刻蹲在地上，把妈的脚后跟按在地上，又用自己的两只脚顶住她的两个脚尖，免得她的脚尖向前滑动，以为这就可以让她脚掌着地。但她还是全身前倾，把全身重量放在脚尖上。而且我一松手，她的脚后跟又抬起来了。这样反复多次，靠她自己始终站不起来。

现在回想，这可能又是我的错。

妈手术后第一次坐马桶的时候，突然气急败坏地喊道："快，快！我不行了！"我吓得以为出了什么事，奔进厕所一看，原来她上身前倾，两脚悬空，自然有一种要摔向前去的不安全感，难怪她要恐惧地呼叫。

那时我要是善于引导，将妈整个身体前移，使她两脚着地，并告诉她坐的时候重心应该稍稍往后，起身时重心应该前移，以后的问题可能都不会有了。

我却不体谅妈大病初愈，在正常生活前需要有个恢复过程，反而觉得她的小题大做让人受惊，根本不研究她为什么害怕，就气哼哼、矫枉过正地把她的身体往后一挪。她倒是稳稳地坐在马桶上了，可是两只脚离地面更远了，如果不懂得起身时重心应该前移、使两个脚掌着地，再想从马桶上站起来就更不容易了。

对于一个本来就有脑萎缩、又经过脑手术的老人来说，手术后的一切活动等于从头学起，第一次接受的是什么、就永远认定那个办法了。以后，没有我的帮助，妈自己再也不能从马桶上站起来了。

人生实在脆弱，不知何时何地何等的小事，就会酿成无可估量的大错。

也许妈的敏感、妈对这个手术的一知半解也害了她，她自己给自己设置了很多受了伤害的暗示，认为既然是脑手术，自然会影响大脑的功能。

大脑的功能既然受到伤害，手脚自然应该不灵。

这时妈又叫小阿姨扶她起来，我因为急着到装修公司去，就嘱咐小阿姨别扶妈，还是让妈自己站起来。

在装修公司忙了一天，回家时一进胡同，恰好看见妈和小阿姨从农贸市场回来。小阿姨没有搀扶她，而是离她几步远地跟在身后。她连手杖也没拿，自己稳稳当当地走着。这时她看见了我,就在大门口停下,等我走近。

我搀扶着妈走上台阶,她的脚在台阶上磕绊了一下。我想,好险,幸好我扶着她,就回头对小阿姨说:"走路的时候你可以不扶她,但要紧跟在她的身边,万一她走不稳,你得保证一伸手就能抓住她。上台阶的时候可得用劲搀扶着她,不然会出事的。"

妈还买了半斤五香花生米。这就是妈这辈子最后一次上街,最后一次买东西了,半斤五香花生米。

晚上我问小阿姨,妈是不是自己站起来的。我是多么想要听到这样的消息,那会比什么都让我高兴。

小阿姨说不是,还是她扶起来的。

我感到无奈而又失望。

她说,妈还对她说:"你干吗不帮助我?我请你来就是要你帮助我的,你怎么不听我的,尽听你阿姨的呢?你别听你阿姨的。"

妈不但过于敏感,且取向颇为极端。

妈之所以这样讲,一定是又为她自己制造了一份寄人篱下的苦情。诸如,因为她是靠我生活,自然在这个家里说话不算数,自然指挥不动小阿姨,保姆自然势利,谁给她开工资她就听谁的……等等。

妈是永远不会理解我的苦心了。她不理解我倒没什么,让我不忍的是她会从自己制造的这份苦情里,遭受莫大的折磨。

晚上，大家都睡下以后，我还是不断到客厅里去看妈。妈似睡非睡地躺着，猫咪亲昵地偎依在她的怀里。它把脑袋枕在妈的肩头，鼻子杵在妈的左颊下面。我在沙发前蹲下，也把头靠在妈的脸颊上，静静地呆了一会儿。妈没有说话，一直半合着眼睛。

那是我们少有的天伦之乐。我当时想，妈的病好了，我们还能这样幸福地生活几年。

为了不影响妈休息，我呆了一会儿就离开了。

十月二十三号，星期三。

一早我就起床了，把头天晚上泡好的黄豆放在"菲利普"食物打磨机里粉碎，给妈磨豆浆喝。这个机器已买来多时，这是第一次使用。

然后我又让小阿姨去买油饼。

妈吃得不多，她的食欲反倒没有在医院时好了。

服侍妈上厕所的时候，我发现她的臀部有一圈青紫的淤血，根据部位推测，显然是昨天我让她练习自己从马桶上起立未成，在马桶上久坐而致。

当时我倒是想了一想，即便坐的时间长了一点，怎么就能坐出如此严重的一圈淤血呢？但我很快就否定了有问题的可能性，心里想的总是妈手术后百病全无。要是我能往坏处想一想，肯定早就会想到问题的严重了。

也因为我们家的人，身上常常出现莫名的淤血，过几天就会自行消失，妈也如此。我也就大意了。

但这一次发展到后来，轻轻一碰就是一片。所以星期三的发现，已是非常危险的信号。

从这一圈淤血的发现到妈过世，只有五天时间。

如果说妈去世前有什么征兆，这就是最明显的征兆了。

回忆妈这一场劫难的前前后后，我甚至比医护人员还能及时发现妈各种不正常的体征，只是我没有医学常识，不了解这些不正常体征的严重后果，又没有及时地求救于医生。就是求救于医生，也没有得到应有的重视、采取应有的措施。我更没有坚持将这些不正常体征的来龙去脉弄个一清二楚。妈是白白地生养我了，她苦打苦熬地把我拉扯大，哪想到她的命恰恰是误在我的手里。

我蹲在马桶一旁，等着帮妈从马桶上站起。

这时，妈伸出手来，一下，一下，缓缓地抚摸着我的头顶，突然对我说："我知道你是为我好……"

我立刻感到那声音里缠绕着非常陌生的一种情韵。那不是她讲了一辈子的、我几十年里听惯的那个声韵。我心里涌起一阵模糊的忧伤。

我现在才悟到，那声音里散漫着从未有过的无奈和苍凉，以及欲言还休的惜别和伤感。

那是一句没有说完的话。现在，我的耳朵里，已能清楚地回响起深藏在那句话后面的万千心绪，和没有说出的一半："……可是我不行了。"

妈也许想要把后面的一半说出来，可她没有说，咽回去了。

妈的手虽然一下一下抚摸着我的头顶，却又轻得似乎没有挨着我的头发。

虽然没有挨着我的头发，我却能感到妈心里尽流着的，而又流不尽的爱，绵软而又厚重地覆盖着我。

那一会儿，我觉得自己像是重又回到襁褓中的婴儿，安适地躺在妈的怀里。

虽然妈老了，再也抱不动我，甚至搂不住这么大的一个我了。可是，只要，不论我遇到什么危难，妈仍然会用她肌肉已经干瘪的双臂，把我搂进她的怀里。

虽然妈的左肩已经歪斜得让她难以稳定地站立，她还是会用她老迈的身躯为我抵挡一切，那是这个世界上没有一个人肯为我这样做的。

我一生爱恋不少，也曾被男人相拥于怀，可我从不曾有过如母亲爱抚时的感动……也不曾有如母亲的爱抚，即使一个日子连着一个日子也不会觉得多余……

从妈手掌里流出的爱，我知道她已原谅了我。不论我怎样让她伤心，怎样让她跟着我受穷多年，怎样让她跟着我吃尽各种挂落……她都原谅了。

可是上帝不肯原谅我，为了惩罚我，"他"还是把妈带走了。

就在那一天，我对先生说，我要给妈找一个心理医生，来解决她的思想障碍问题。我觉得她手术后躺着坐不起、坐着站不起，是思想障碍的问题。

但那时最要紧的是忙着找关系，以便请到最好的医生为她做放疗，心理医生的事还没来得及落实，她就走了。如果这个问题早解决一点，妈的体力一定不会消耗那么大，这又是我的过错。

下午，妈和小阿姨一起包了饺子。小阿姨告诉我，妈还擀了几个饺子皮。后来妈就说累了。我不知道我是否吃到妈包的那几个饺子，或哪一个饺子，反正这是妈这辈子给我包的最后一次饺子了。

晚上妈对我说："沙发太窄，猫也要跳上来睡，把我挤得不得了。特别是昨天，你们两个还都在我脸上蹭来蹭去的。"

我才知道昨天晚上我和猫偎依在她身旁的时候，妈其实没有睡着。她之所以闭着眼睛，不过是在专心致志地享受我们对她的依恋。

妈又说:"前天晚上把它刚接回来的时候,它对这个新环境还有些认生,对我也有点生疏,昨天就好了,拼命往我的怀里钻,简直像要钻进我的肉里。"妈微微地笑着。这真是妈值得炫耀的感受,连一只牲畜都能分出的好歹,那是怎样的好歹?所以它从来只钻妈的被窝,只让妈抱。

当时我就让妈睡到折叠床上,让小阿姨睡到沙发上去。

妈坐下就站不起的情况越来越严重了,我很发愁,不知怎么才好。

临睡以前,我忍不住拿出她的核磁共振片子,万不得已地吓唬她说:"本来我不想告诉您,但是现在不告诉您也不行了。您瞧,您的脑子已经萎缩得相当厉害了。医生说,您自己再不好好锻炼、再不好好恢复各方面的能力,脑子还会继续萎缩下去。脑子一没,人就活不成了。照这样下去,再有三个月就要死了。但医生说,只要您好好锻炼,好好恢复您身体各方面的能力,脑子还会再长大,那就不会死了。"

我想出最后这一招,是出于这样的想法:妈是不会放心把我一个人丢在世上的,为了这个,妈也得拼上一拼。

妈平静地躺在折叠床上,眼睛虚虚地看着空中,什么也没说。

这当然又是我的大错。

从以后的情况来看，这一招，不但没有把妈激发起来，反而给她造成了很大的精神负担。她的精神越紧张，各方面的功能就越难恢复。

对妈有时可以用激将法，有时不能，火候掌握不好就会坏事。

我猜想，妈后来对胡容说："我要走了，我活不了几天了，我累了。"肯定和我这样吓唬她有关。我把她吓着了。

十月二十四号，星期四。

下午带妈上北京医院联系放疗的事。

我拿了甲大夫的介绍信去找关系，可是甲大夫介绍的那个关系不在，只好挂了一个普通的门诊号。

我们先在候诊室等着叫号。为了抓住每一个帮妈锻炼脑力的机会，我装作忘记了我们的号数，问妈："妈，咱们是多少号？是不是该叫咱们了？"

妈说："三十七号。"

我说："瞧，您比我还行，我都忘记咱们是多少号了。"

护士叫到三十七号的时候，妈已经拉着前排的椅子背自己站起来走了过去。我想她一定在注意听护士的叫号，否则怎么会在她走过去的时候护士正好叫到她呢？在乱糟糟的人群里，护士的声音又不大，连我听起来都很吃力。而且她自己站起来的时候很利索，这又让我感到信心倍增。

我们等叫号的时候，先生又去找了他的关系户。很凑巧，那个关系户在，我们希望得到她的治疗的那位放射科主任也在。

我对妈说："妈，瞧您运气多好，要找的人都在。"

我可能变得极其琐碎、极其牵强，不论可供回旋的地盘多么小，我都想在上面挖出点让妈振奋的东西。

放射科主任给妈做了放疗前的检查。

她让妈用食指先点手心、再点鼻尖。左手点完右手再点，而且要求妈越点越快。妈做得很好。

主任说："老太太真不错，这么大年纪，做这么大手术，效果还很好。"我听了这话比什么都高兴，这又一次得到证明，妈很棒，何况还是一位主任医生的证明。

主任约定我们下星期一，也就是十月二十八号来医院做放疗，同时交付所需费用和办理放疗的一应手续。

然后，她让我拿着妈的病理切片到病理室去做结论，作为下一步放疗的依据。

我们乘电梯下楼的时候，电梯里人很多，我用双手护住妈，挡住周围的人，说："别挤，别挤，这里有个刚动完手术的老人。"

电梯里的人见妈那么大年纪还接受手术，都感到惊奇，也许还有一点敬佩，羡慕妈在这样的高龄还有这样硬朗的身体。一个老头还向我打听妈的年纪，一听妈都八十了，更是赞叹不已。

我为有身体如此之好，生命力如此之强，能扛过如此大难的妈而自豪。好像妈能顽强地活下去是我极大的光荣。

下楼以后，我在挂号厅给妈找了一个座位坐下，然后到后院去找病理室。病理室很不好找，拐来拐去才找到。病理室的大夫看了妈的切片也说，妈的瘤子是良性的。他给我开具了放疗需要的病理诊断，我们就回家了。

下门诊大楼的台阶时，我怕妈摔着，便站在她面前，和她脸对脸地倒着下台阶。万一她一脚踩空，我还可以抱住她。

这时我又忧心起来，我发现妈的脚分不出高低了。她

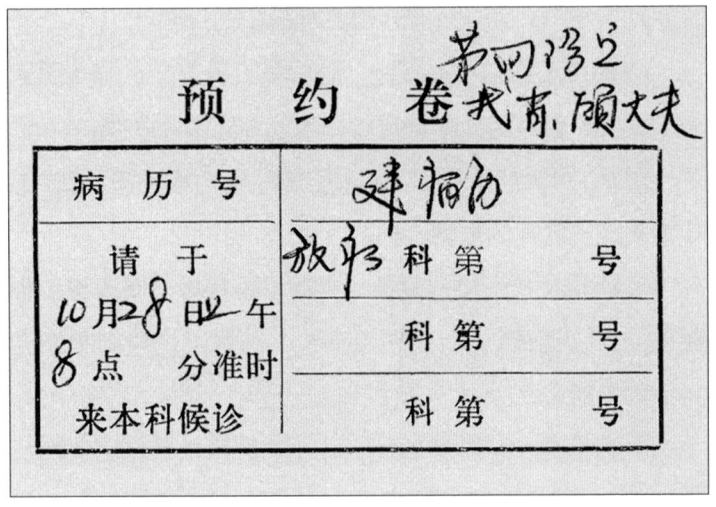

母亲的放射治疗预约单，一九九一年十月二十八日母亲没有等到这一天就走了

母亲。一九九〇年春，美国

祖孙三代。一九九〇年春，美国

唐棣和姥姥

果然一脚踩空在我的脚上,并且一点感觉都没有的样子。但是她的脚却很有劲儿,像她术后第一次下地踩在我脚上一样,很疼。要不是我挡着她,非从台阶上摔下来不可。我也立刻想到昨天她从农贸市场回家的时候,在家门口的台阶上磕绊的那一下。

我烦闷地想,手术前,妈的脚还能分出高低啊。

回家的路上,不知怎么说起她穿的运动衫裤,妈还略微诙谐地说:"美国老太太。"

妈在美国生活期间,见惯了美国人的日常穿着,多以舒服、方便为原则。我认为这个办法不错,特别在妈日渐老迈、手脚也不太灵便以后,运动裤上的松紧带,要比西裤上的皮带简便多了。另外她的脚趾因生拐骨摞在一起,一般的鞋穿起来挤得脚疼,穿宽松的运动鞋就好多了,所以后来就让妈改穿运动衫裤、运动鞋。

车到和平里南口,快过护城河桥的时候,妈说:"到了。"

我说:"嘿,妈真行,才走一遍就认出来了。"可不是嘛,走一遍就能从北京千篇一律的街道中认出某一条路口,不很容易。

到家以后,妈满意地说:"大夫挺负责任,检查得很认真。"说这话的时候,离妈去世还有三天半时间,而妈的脑子还不糊涂。

妈满意我就满意了。

这也是妈这辈子最后一次上医院了。

这天晚上,妈又发生了"谵妄"。她自己下了地,蹲在地上小解后,又自己站起来回到床上睡去了。

第二天小阿姨问她:"你能蹲下?"

妈说:"你不扶我,我不蹲下还不尿在裤子上?尿在裤子上你阿姨还不说我?"妈这样说的时候,好像不存在她近二十年不能下蹲的事实。但她似乎已分不清白天和夜晚、过去和现在了。

我知道这件事后很高兴,当作可喜的事情对先生说,后来又对胡容说。因为妈近二十年不能下蹲了,可是在梦中,她不但蹲下了,还自己站了起来。这是否说明她白天的表现,并非是因为各器官的功能丧失?

我更相信妈最后能站起来,可是我也更不能容忍妈自己不能站起来的表现了。

妈对我把这件事说给先生很不高兴,说:"多不好意思。"

后来又对胡容埋怨:"张洁干吗要对老孙说这件事,多不好意思。"

胡容说:"张洁是高兴啊。"

十月二十五号，星期五。

上午又和妈多次做坐下、起来的练习，妈没有任何进步。

中午去参加了奥地利使馆的一个招待会。

回家后头很痛，睡了一个午觉。估计是星期二给妈洗澡时，暖气还没来，我怕她冻感冒，热水一直对着她冲，我就冻感冒了。

午睡起来后，我到客厅去看妈，她独自一人，无声无息地坐在客厅里。

我虽然知道现在再想什么也是白搭，但还是忍不住去想：在行将离开人世的前两天，妈独自坐在那里想过什么？

…………

可在那时，我并不知道一切已然无用，想起上午毫无效果的练习，免不了做困兽之斗。便用很激烈的办法试探妈、激励妈："别练了，别练了，没用，只好等死吧。"

妈生气地说："我偏要练，偏要练。"

妈的回答和她的气愤又给了我一点希望：这至少说明妈还有想活下去的愿望。

下午，豆花饭庄的老板刘则智打电话给我，让我一定到她那里去一趟，有要事相商。又说到台湾一位文化界的朋友想结识我。我那时心情已不甚好，再重要的事情与我和妈的困境又有何干，但想到台湾的朋友也许会为我的作品开拓另一部分读者,便又很自私地去做那商业化的应酬。

刘则智的业务由于某些环节不畅,突然进入低谷,感慨多多,所以我很晚才回到家。

到家就进客厅去看妈,可是妈已经睡着了。

妈出院后,我以为就剩下渐渐康复的问题,所以没有更多地陪伴她,一直跑进跑出地为装修新房子而忙碌。她不能老住在先生家里,虽然在先生家里住下后,对于以后住哪儿妈再没有说过什么,可我知道妈一定特别想住进自己的家。

从妈这个阶段和小阿姨的谈话中看出,妈的心情波动很大。

妈问过小阿姨:"他们说我能活到一百岁,你说能吗?"

小阿姨说:"当然能,您身体那么好。"

妈能承受那样大的手术,谁能说她身体不好呢?

妈为什么问这个?是她希望如此,还是她自己感觉到不对,而想从别人那里找到这个希望的证明?

妈甚至提起我准备请美容师给她剪眼皮的事:"我女儿对我真好,我这么老了她还要给我剪一剪眼皮。"

妈还对小阿姨说:"唐棣结婚的时候我要去参加她的婚礼。我已经没病了。我也是该抱重孙子的人了,唐棣的同学都做妈妈了,她还没有结婚呢。"

又说:"我们要是去参加唐棣的婚礼,你也别走,就给我们看着猫。"

"你阿姨说,等我们搬进新房子,要请给我手术的大夫聚一聚,还要我和大夫们一起拍照留念呢。"

"等我好了,我带你去北海公园玩。"

"等我好了,你阿姨说咱们五个人(包括先生和他的司机),到饭店里好好庆祝一下。"

我想,妈说的"等我好了"可能是指她做完放疗吧。

从这些谈话可以看出,妈对生活还是充满希望的呀。

可也正是这个时期,妈越来越不想锻炼了。

记得刚做完手术的时候妈自己还说:"我早点恢复还是好,老不走就不会走了。"那时她在医院的走廊里来来回回走得很快呀,人们给她鼓掌,她还说谢谢呢。

妈几次对小阿姨说:"活着真没意思,这么老了还得从头学起。"

又说:"我这么老了,就这么过就行了,还锻炼干什么?"

或是:"等你们到了我这么大年纪,就知道了。"

我怎么不知道呢?我不过是想尽办法让妈健康长寿。

我也奇怪,这些话妈为什么不对我说?也许是我老不在家,她没机会说?或是她以为我那样逼她锻炼是不同情她?

妈，您误解了我。您误解我倒没什么，但这样误解可就伤透了您的心，那不也就伤了我的心吗？

还有一天，妈突然似乎是对我，又似乎是自言自语欲言又止地说："这手术……喊！"

我想，妈当然是对我说，但我没有做出应有的呼应。我那时仍然认为她的感觉代替不了科学。正像我后来常听一个朋友说的那样，一切等科学做出回答就晚了。

妈去世后我回想起她的这句话，觉得意味深长，有一种悔不该当初、说什么都晚了、只好罢手的苦绝之情。她肯定已然察觉，正是手术后，她的情况更见不妙。妈是一个有大英雄气概的人，如果不是这样，她对手术的态度，不会这样出尔反尔。

这句话，妈又是只说了半句。

因为妈早就知道，她就是把这句话说完，可能还是这个下场：我不会相信她，而是相信所谓的科学，相信大夫说的，认为一切都很正常。甚至还会调侃她、抢白她：一切都是她的多疑。

而且，妈能说得过、争得过"最好的医院""最好的大夫"和"手术完美无憾"的现实吗？

…………

她说不过，也争不过。

既然她说不过、争不过，再说感觉不好就是她的荒谬。

有人相信吗？

也许她自己也没法相信吧？

十月二十六号，星期六。

早上照料妈起床的时候，她躺在床上对我说："我今天特别不舒服。"

我看着妈安详、宁静，看不出一丝病情，略显迟疑、迷惘因而也就毫不理直气壮的脸，想不出她说的特别不舒服是什么意思。

而那时我还满怀逃出劫难的喜悦，仍然固执地认为，手术以后妈什么病都没了，一切顺利、万事大吉。所以迟疑地站在那里，一时不知怎样去做。

这时小阿姨在一旁说道："她就是这样，等一会儿再问她哪儿不舒服，她又说没有什么不舒服了。"

听小阿姨如是说，便想起手术后没几天，妈也对我说过："发烧了。"给她量了一下体温，三十七度都不到。当时以为，她说的"发烧"就像她的"谵妄"一样，是手术后一种必然的、不正常的反应。其实正像医生预料的那样，妈果然没能经受住手术的打击，这个预料早就开始应验了。

妈去世后小阿姨对我说，还有一两次妈也对她说："我觉得我病了。"过一会儿小阿姨再问她情况怎样，她又说她没病了。

这种反复出现的情况，小阿姨要是及早告诉我，或我时刻守在妈的身旁，可能就会引起我的注意，也就会及时反映给大夫。如果那样，还会有今天这个结果吗？

所以，妈说"我今天特别不舒服"的时候，我只是研究着妈的神情，猜测着妈之所以这样说的原因，以为这又是她的错觉。更对不起妈的是，我以为她也许是在为不愿自理、不愿锻炼做铺垫，并根据这种想当然的猜测，酝酿着自以为对恢复妈的健康有好处的对策，却连问都没问一句"您哪儿不舒服"，更没有对她说一句抚慰的话。

我只对妈说了一句："胡容一会儿来看您。"

妈也就缄口不言了。

难道我不了解妈是一个非常自尊自爱、非常不愿给人添麻烦的人么？就连对自己的女儿也不例外。如果她不是特别不舒服，她是不会对我这样说的。

正像我说过的那样，十月十三号我让她别"闹"了的那番抱怨，把她吓坏了，怕我真会因此丢弃了她，同时也深深地伤害了她的自尊、自爱，到了真不行的时候，她也忍着不说了。

尤其是她这样说了之后，我竟没有丝毫的反应，她还有什么可说？

虽然妈去世后小阿姨提醒我，十月十七号（也就是十月十三号我那番抱怨之后）妈咳嗽的时候还希望尽快得到治疗，但我还是觉得，她见我对她的"特别不舒服"没有丝毫反应之后，不但隐忍了病痛的折磨，还隐忍着更多的什么。

妈是否不忍再用她说不清道不明的不适给我添乱？

也许还有唯恐期待落空的恐惧和悲凉？彼时彼刻，她多么期待我的理解、我的呵护——她是真的"特别不舒服"，而不是我认为的"闹"。

也许还有在等待我对她的话做出判断的那一瞬间，唯恐得不到理解的忐忑。

是不是还藏着一丝祈求。

…………

虽然妈去世后小阿姨告诉我，吃早饭的时候她又问过妈：你到底哪儿不舒服？妈果然说她没有哪儿不舒服。那我也不能原谅自己，为什么就相信了小阿姨的话，不亲自问一句：妈，您到底哪儿不舒服？

为什么我总是那么相信不相干的人，却不坚定地相信自己的妈？

一九八九年星云大师来京，与文坛一些朋友会面，并送在座的每位朋友"西铁城"手表一只。因为来得珍贵，我特地送给妈戴。妈说它老是停摆，我不信。星云大师送的表怎么可能停摆？在她多次催促下，我只好送去修理。一次不行，又修了一次，每次修回来我都特别强调地对她说："人家可是用电脑检修的。"言下之意她不能再说不好，再说不好简直就是和科学作对，无事生非。在我这样强调之后，妈果然不再提停摆的事了。妈去世后，我开始穿她穿过的一些衣服，当然也戴起了她戴过的这只表，这才发现，妈没有错，它果然常常停摆。我冤枉了妈。

有时我还冷不丁地想：吃早饭的时候小阿姨果真问过妈"您哪儿不舒服"吗？妈真说的是她没有什么不舒服吗？

小阿姨是不是怕我追究，便拿这些假话哄我？

又是不是怕我自谴自责地折磨自己，干脆断了我的念想？

…………

如果不是这样，小阿姨又何必多此一举，这一举对她又有什么好处？

就算小阿姨见我那时劳累过度，也不敢因此隐瞒妈的病情，她是聪明人，什么事大、什么事小，心里应该有数。

…………

这真是"死无对证"了。

可是现在，就算我能得到证明又有什么用？

而且，我又有什么资格去对证？想来想去，都是我自己的错！

当妈说"我今天特别不舒服"，而小阿姨在一旁说"她就是这样，等一会儿再问哪儿不舒服，她又说没有什么不舒服了"的时候，我为什么不穷追不舍，弄个一清二楚？

我为什么就固执地认为，妈这样说来说去是她的错觉、是手术后的一种反应，或者是她不想自理、不想锻炼的伏笔。而不去设想，即使手术成功，难道不会再添新的病？

…………

可是妈，您自己为什么也不坚持和我探个究竟？这种忽而不适、忽而没事的微妙变化只有您才体会至深。

妈去世后小阿姨还对我说，就是出院那几天妈还对她说过："早知道这样还不如不做手术。"

这样，什么样呢？

妈后悔了，肯定后悔了。她原以为这场大难很容易对付吧？这是不是和我在她手术前，始终对手术危险性的轻描淡写有关？

…………

我再没有机会问妈了。

我也没法责怪小阿姨，这些事为什么在妈去世后才对我说？现在人都不在了，再说什么也白搭。

回忆她来我家不久妈就每况愈下，妈去世两个多月后她又离开的事实，好像她就是为了给妈送葬才来到我家。

　　我又何必怪罪别人，难道不是我自己对妈有成见，把妈的一切行为都看成是她的固执和心理障碍？

　　妈是带着许多不白之冤走的，我就是想给妈平反，想对妈说我错了，她也听不见了。

　　妈用死亡为自己做了证明。

　　我只是越来越相信这是真的——妈是含冤而死的，而且是我害了她！

　　我常常瞪着双眼固执地盯视着空中，十月二十六号早晨她那安详、平和、没有一丝病痛的脸就出现在眼前。

　　对着那张永远不会消失的脸，我一遍又一遍、无穷又无尽地猜测着那张脸后面所隐忍的，和安详、平和以及没有一丝病痛完全南辕北辙的，她没有说出来的一切。

　　"我今天特别不舒服！"

　　那是妈对我发出的最后一次呼救，我却没有回应，没有伸出援助的手。面对妈的呼救，我的一言不发对她是多么残酷！我说的是对妈。我的罪过多少，可以留待余生不断地反省，而妈的身心在这场劫难里所遭受的一切摧残，无时不在撕咬着我的心。最痛苦难当的是我再也无法替妈多担哪怕是一点点痛苦。

我只好不断地猜想，妈在这段日子里想过、感受过什么？即使我不能替她经受这场劫难，要是我能大致猜想出她在这段日子里的每一份感受，哪怕在这种猜想出来的感受里经受一遍，也算为她分担了一些。

妈走了多久，我就想了多久。我知道在我剩下的日子里，这就是我最主要的事情。

可我怎能一丝不差、原样原味地想出妈的苦情？明知这努力的无望，却还是禁不住地去想。我想妈的感受，更还有，她那悲惨的一生。

人生所有的熬煎，不正是来自人生的不可能性？

九点多钟，胡容来了。

那天的风很大，胡容本不想出门，可不知为什么觉得非要来看妈不可。看来也是天意。

妈一见她就说："我就想你要来了，我正盼你来呢。"好像有满肚子话等着对她说。

妈去世后胡容对我说，那天她一看见妈，就觉得妈不好了。妈眼睛里的神全散了，还有一种不胜重负的感觉。可她没敢把这不祥之感告诉我。

我一见到胡容就对她说到妈的"心理障碍"，希望借助她的力量来开导开导妈。

当我这样说的时候，妈低着头，一言不发。

胡容对妈说,她自己手术后由于心理障碍,很长时间胳膊抬不起来。

这时王蒙来访,我就把妈交给了胡容。

我一走出客厅,妈就对胡容说:"我不是心理障碍,就是难,做不到。"可是刚才当着我的面她既不承认,也不辩解。她一定觉得和我说什么也是白搭。寒心之后,只好对胡容一诉衷肠。

胡容试着帮妈练习从椅子上起立的动作,她只用一个手指扶着妈,妈就从椅子上站起来了。妈就是需要有个心理上的依托。

胡容说:"您看,我一个手指扶着您,有什么力量?这就是您的思想上的问题。"

妈说:"那就再练练吧。"

胡容见她每次落座时膝盖也不打弯,与椅子距离还很高就咚的一声跌坐下去,便说:"您看,您咚的一下就坐了下去,而且坐了几次都没出问题,说明您身子骨还很好。可是您不能离椅子这么高的时候就往下跌坐,这样跌坐下去是很危险的。"

妈就说她的腿硬了,打不了弯了。

然后又对胡容说:"小月势利眼,她对我和张洁的态度不一样。我叫她扶我起来,她就是不扶。"

胡容说:"您别想那么多,别怪她。是张洁不让她扶您,为的是让您自己多锻炼锻炼。"

妈说："我只是跟你讲讲。"

胡容又帮助她起来坐下、起来坐下地锻炼了一会儿。

这时妈突然对胡容说："我要走了，我活不了几天了。我累了。张洁也累了。她太累了。她要是三四十岁还好说，她也是到了关键的年龄了。像你，不是也得了那么重的病吗？以后有什么事，你们两个人可以多商量商量。唐棣用不着操心了，我最不放心的就是张洁。"

好像妈那时就知道我要大病一场（妈去世后不久，我就查出丙型肝炎），为了减轻我的负担、为了我能安心治病，免得我再为她去四处奔波、求医、找药，为她受累，她毅然决然地决定走了。

胡容一听她这样说就慌了。忙问她："您哪儿累？"

妈又说不出。

胡容又问："您的腿累吗？"

妈说不累。

胡容又问："您这样起来、坐下累，是不是？"

妈也说不是。可她还是说，她累了。

胡容着急地劝妈："您怎么能这么说，您得好好活下去。您手术做得这么好，还能活好长时间呢。"

妈说："是啊，谁不愿意好好活着、活得长，可是我不行了，力不从心了。我这样张洁多着急。她也累了，我帮不了她的忙，还给她添乱。"

胡容说："这是她当女儿应尽的责任。咱们不是还要一起到美国去吗，我去看女儿，您去看唐棣。"

妈说："不啦，不行啦。去过了，也看过了。我的腿硬了。"

不论胡容说什么，似乎都拉不住、留不住妈了，妈突然就像修炼到了四大皆空的境地。

可是过了一会儿妈又要求胡容帮她练习从椅子上起立坐下的动作。

胡容让她休息一会儿再练。

她说："我要练，不然张洁又着急了。张洁对我很好，可是她的脾气让人受不了。"

妈在美国的时候也对唐棣说过："你妈是很孝顺，可是她的脾气太犟、太急，我受不了。我知道这是因为她的心情太坏了。"

确实像妈自己说的那样，她嘴上虽然不会说什么，可是心里什么都清楚。

曾几何时，我难道不是一个老是笑呵呵的傻姑娘？

不论与多么刁钻、阴暗、狷介的人相处，都能相安无事。倒不是我有多么宽宏大度，而是天生的没心没肺、浑然一片、轻信于人。不论谁坑了我，甚至卖了我，不要说以牙还牙，就是觉悟也难。偶尔品出些滋味，也是转眼就忘，从不知道记恨。

曾经有个长我许多,清华一九五二届的追求者,对我的评价即是"浑然一片"。在我林林总总的候选人中,那是妈看中的两个中的一个。

他品行极好、忠厚老成,却在一九五七年的"整风反右"运动中遭了大难,从此心灰意懒,最后丢弃学业,跟着儿子到日本去了,自食其力地在一家公司看大门。他说:"即便老死他乡,我也不会回去了。"

我在婚嫁方面,从没有听过妈的话,这当然是她这辈子最伤心劳神的事。

可我就是听了妈的话选择其中的一个,我就能幸福吗?

婚姻可能是人生最难,或许根本就是无法破译的谜。

记得中学时代有个女友问我:"你为什么老是笑,你真是那么无忧无虑吗?"

是的,那时候我只会笑。甚至十几年前我也笑得不少,即使在因所谓生活作风不好而饱受世人耻笑的时候;即使在穷困潦倒、因贫血晕倒在地、衣衫补了又补的时候……

就是这几年我的脾气才坏起来。

也许因为我不得不抛却幻想,面对人生的种种缺憾;

可又无法回避这缺憾的伤害……

觉得自己对人人都有一份应尽的责任，既要尽孝道，又要尽妇道，以及朋友之道，还要挣钱养家，又件件都想做好。结果不但没有本事将这包揽天下的角色演好，反而累得七窍生烟、六欲全无……

但是又没有那么高的境界，把这神圣的角色死心塌地、任劳任怨地扮演下去，便只好自艾自怜、心生怨气……

我被做人的重担压迫得失去了耐性。

…………

我自作自受地选择了这种生活，并且没有本事解脱不说，还把这种种缺陷的伤害转嫁给妈，让她成为这种生活的受害者。

我在生人面前还能做个谦谦君子，忍而不发。在妈面前却忍不下去，也不忍了。

知道不论跟谁都得进入角色，只有跟自己妈才不必着意"关系"，才能知无不言、言无不尽，畅所欲言。干脆说，母亲就是每个孩子的出气筒。

只要妈多说我几句，或是不听我的安排，让我一而再，再而三地说来说去，我就来火了。即使为了她好，也做得穷凶极恶。

其实八十高龄的妈并没有给我多大负担，很少需要我的照顾，尤其我在先生那边恪尽妇道的时候，她不但自己做饭，还要张罗我们的日子……更不要说她前前后后带大了我、又带大了唐棣，我们两代人都是她千辛万苦，东刨一口食、西拣一块布养大的。只是到了最后关头，才让我尽了一点所谓的孝道，最后还不落忍地匆匆结束了这种依赖我的，前后不过两个多月的日子。

妈从没累过我，倒是我把妈累了一辈子，是我把妈累死了。

一九九一年五月初我出访三周，知道妈舍不得花钱吃水果，特地把买水果的钱留给小阿姨，让她必须定时去给妈买水果。回家一看，妈还是把这笔买水果的钱收回了。

见我急了眼，妈分辩说她天天都按我的要求吃水果了。

我打开冰箱一看，那是水果吗？都是些烂橘子！

五月，在中国这种不注重保鲜技术的地方，是吃橘子的季节吗？那些橘子干得成了橘子渣，而且越吃越上火，妈的便结就会更严重。我大发脾气，把那一兜橘子哐的一声扔到了墙角，还把妈的手杖摔断了。

我说："妈，我真是累死了。您要是疼我，就让我少操些心，我让您吃什么您就吃什么，我就会少磨几次嘴皮子、少受许多累是不是？您看，为了这样的事，我们三天两头就得吵一次。"

一见我发了火，妈就摩挲着我的头和我的脸说："好孩子，别生气了，妈改了，妈一定改。"

可是过不了几天，妈又不听招呼了。我又非得大发一次脾气不可。

我知道妈是为了给我省钱，哪怕省一分也好，她总觉得为我省一分钱是一分钱。她省一分，我不就少挣一分、少累一分吗？

我急扯白脸地说："妈，您再省，我也发不了财。您就是不吃不喝，一个钱不花，钱也剩不下。"妈完全不懂我的劝导，更不肯和我合作。她就是不明白，我的钱怎么也得花光，与其在别处花光，不如让妈花光。可妈就是不开窍。

再不我就给妈磕头、下跪，求她吃，求她喝。那种磕头、那种下跪，是好受的吗？

我不但不感恩于妈，甚至把妈这份苦心、爱心，当作是农民的固执。有时为了达到我的目的，甚至说出让妈伤心至极的话："您的脾气可太拧了，怎么劝都不行，怪不得人家和您离婚，谁和您在一起也受不了。"

…………

这期间妈还问了问做过放疗的胡容，放疗疼不疼。胡容说，什么感觉也没有。

其实放疗的副作用还是很大的。比如恶心、低烧、脱发、消瘦、食欲减退等等。虽然我为妈准备了预防这些副作用的药，但效果不会很大，她一定还会感到痛苦。先生说，即使妈能闯过手术关，也不见得闯过放疗关，毕竟是快八十岁的老人了。

但是妈对胡容说的这些话，胡容也是在妈去世以后才对我说。我问她为什么早不告诉我？她说，那天在我家门口告别的时候，几次都忍不住要对我说了，可是看我累成那个样子实在太可怜了，她不忍心再说这些令我大恸、大受惊吓的话。同时又觉得妈那些话不过是说说而已，妈看上去虽然不好，但也不至于像她说的那样，说走就走了。哪儿想到果然就成了真。

我为你好、你为她好、她为她好……结果是事与愿违。

这就是命！

吃过午饭不久，妈说要上厕所。我没有扶她，还是要求她自己从椅子上站起来。

可是我眼前突然一暗，就像落下了一道沉甸甸的黑幕，一件意想不到、让我感到毁灭的事情发生了。

妈不但没从椅子上站起来，反而从沙发上出溜到地下，如鱼得水地在地上爬了起来。她这样做的时候，似乎已进入无意识状态，有一种大撒手的解脱和魂游已远的渺然。

那一瞬间，我什么也来不及想，只有一切都完了，再怎么努力都不行了的直觉。

我的头一下就蒙了。

接着是气急败坏，甚至是愤怒。

那不是一般的气愤。

妈这样做，简直是对我对她的爱的背叛。

是对我自她生病以来，唯恐丧失她而饱受煎熬、担惊受怕的背叛。

是对我们共同的苦难、艰辛的背叛……

我的大爱，那时一下变成了大恨。

我恨妈的心理障碍。

我恨妈的固执。这固执不但是她自己的仇敌，也是我的仇敌。

我恨妈不再、不能和我配合起来，为迎战越来越近的脑萎缩、为她能好好地活下去而决一死战。

我恨妈这样做不但对不起我，也对不起她自己。我们最艰苦的阶段都熬过来了，冒那么大风险、受那么大惊吓，情感上承受了那么大的压力，现在却这样自暴自弃。我和妈所做的一切努力，难道都是竹篮打水一场空、难道都救不了她吗？

我恨老天爷为什么这样安排。

…………

接着这愤怒，是无底的恐惧。

妈一旦知道这样滑下去的轻松,就再也站不起来了。

这一滑,可真是一滑而不可收了。如果截不住这个滑坡,后果就更加不堪设想,我就别再指望她今后会向好的方面发展了。我真怕她就此丧失了求生的意志,从而也就丧失了战胜疾病的勇气……

一直像阴云一样笼罩着我的,脑萎缩的后期症状,难道这么快就来了吗?

这简直就是往深渊里坠。我决不允许!

妈非得活下去不可!那时,我要她活下去的愿望,可能胜过她自己。

我没有扶妈,反而冷酷地说:"好吧,就当这是床,就此练练怎么从床上坐起来。"

妈在地上爬来爬去,翻来翻去,连从地上坐起来都不会了。爬到长茶几前就用两条胳膊撑着茶几,两条腿软软地斜蹬在地上,一点劲也不使。仅仅靠着胳膊上的力气,把上半身撑了起来。这怎么能站起来呢?要想站起来必须两条腿使劲才行。

不一会儿妈的劲就使光了,浑身累得发抖,像一匹跌倒在地驾不动辕的老马,不论驾车的车夫怎么拿鞭子抽它,它也爬不起来了。

此后,我再不忍看路上那些驾不动辕的老马,那会使我历历在目地想起此情此景。记得母亲去世不久,当我见到一匹滑倒在地的老马,不论怎样挣扎,也难以从结冰的路上爬起来的时候,甚至站在大街上就不能自已地痛哭失声。

妈一定精疲力竭,魂魄都出了窍。动物对此有非常的感应——对妈感情极深的猫咪这时冲了过来,厉声地嚎着,用它的小脑袋一抵一抵地抵着妈的两条胳膊,好像为她受这样的折磨心痛不已,又像要保护妈,又像要助妈一臂之力……即使这样,我也没有发出丝毫恻隐之心去扶妈一把。我连畜生都不如了。

最后还是妈渐渐收拢了两条腿,两腿这时才能用上一点劲,然后站了起来。

可我还是不肯就此罢休。见妈的腿好不容易懂得了使劲,就想趁此机会让妈再巩固巩固腿上的感觉。

结果是适得其反。

妈又出溜到地上爬了起来,一直爬到靠窗的沙发前,面朝南跪坐在地上不动了。

那时妈只要一扒面前的沙发就能坐到沙发上去。所以我还是逼她自己爬起来,坐到沙发上去。

可是妈不,她说:"咱们协商协商。"她的意思是让我把她搀起来。

我狠着心说:"不协商。"

刚说完这句话，电话铃响了。是谌容来的电话，其实我何尝放心让妈老是跪在地上？三言两语说完电话又赶紧回到客厅，希望这一会儿能发生奇迹，妈已安坐在沙发上。

没有，妈还在地上跪着。

妈可能跪累了，两条胳膊全杵在身体左侧的地上，上半身的重量也就全倾泻在那两条杵地的胳膊上了。因为上半身向一边倾斜，臀部也就翘起并向左侧扭去，这样，她连坐直自己的身体也不会了。

我说："您把身体侧过来，屁股放平挨着地。屁股一挨地您就能坐直了。"她照着我说的试了试，果然坐直了。

我说："您看，多容易啊。不过一秒钟的时间，您就会了。一切您都能做到。"

妈自己也说："连一秒钟也没用。"

可妈就是不能自己起来坐到沙发上去。

最后，我看时间拖得太久，她又实在不肯起来，只好把她搀起来。

妈刚在沙发上坐好，就用颤抖的手把歪斜了的帽子戴正，像所有遭了凌虐而又无可应对的弱者那样，只能自艾自怜、下意识地整整自己凌乱的衣着。

这时妈又要上厕所，我不再逼她自理，搀着她去了厕所。

为妈整衣的时候，我看到她身上的淤血更多了。

联想到几天前就出现的淤血情况,这才猜想妈可能又添了什么新病。我想,一定要带妈到医院去了。但那时已是星期六的下午,医生护士都下班了,即使到了医院,妈既无高烧又无痛苦,也不一定会引起值班医生的重视。妈虽然添了新病,却并不一定是大病,等到星期一再上医院也不迟。

可是我错了,那正是大病,而且是要命的大病了。

妈也没有能等到星期一。

要是我知道还有三十多个小时妈就要走了,我又何必强求她学习自理呢?她去世后,小兰(维熙夫人)的妈妈说,对一个古稀老人来说,就是严格按照科学的办法吃饭、锻炼,对延长他们的寿命又有多少实际意义?何不顺其自然呢?

人这一辈子或许千难万险都能闯过,但是总有走到头的时候,妈也一样。我能犟过上帝,再让她从头开始,或再给她添上一段岁月吗?

八十年的艰苦岁月,把妈累苦了,也榨干了。现在她终于觉得力不从心,实在挣扎不动了。妈够了,不想再累了,她要走了。不论我怎么拦也拦不住妈了,就连只有她和我知道的那个誓约也拽不住她了……

考虑到妈在地上滚来滚去,衣服滚得很脏,上完厕所我就给她换干净的衣服。当我给她脱下夹克,转身去拿干净衬衣的时候，听见她在我身后说："哎哟，全让汗湿透了。"

衬衣全让汗湿透了！

由此可见刚才我逼着妈进行的那一番操练，让她的体力消耗到了什么程度！

我却假装没有听见。我不但在逃避自己的过错，也在逃避妈的控诉。

然后我心虚地走出客厅。因为深感良心的谴责，竟一时不敢去照管妈。妈在沙发上一直闭着眼睛似睡非睡地坐着。

晚上来热水以后，我说："妈，我给您洗澡吧。"

妈只说："哎，别、别、别。"她不说"我今天太累了，一点力气也没有了"，因为，那不等于是对我的谴责？就是我把她折磨成那个样子，她也不肯说我半个"不"；哪怕良心上的丁点折磨她也不愿让我承受。

十月二十七号，星期日。

一早起床，是妈自己叠的被。

我夸张出意外的惊喜："嘿，妈真棒！自己叠的被。"尽管我的信心因为妈昨天的表现已经差不多丧失殆尽，但只要有一线可能，我仍然不死心地鼓励妈树立起奋斗下去的勇气。

妈呢，纯粹是因为见我高兴，勉励地，也许还是勉强的一笑。

经过昨天的消耗，妈的心力虽然丧失殆尽，可她还是挣扎着叠好了被盖。因为这将表明，她的身体正如我所希望的那样，已经恢复到可以自理的地步，我会因此感到高兴……既然她的身体状况在很多方面让我感到焦虑，就想方设法在尚能勉强为之的事情上安慰我于万一。哪怕这种假相如海市蜃楼一样，转眼就是烟消云散，但只要能让我高兴哪怕几分钟妈也会不遗余力。

可能把妈的起居安排在客厅还是考虑欠周，她肯定觉得客厅终究不是一个名正言顺的休息之地，所以早上一起床她就让我把折叠床收起，然后整天坐在沙发上打盹。不过，她也许觉得坐在沙发上比躺在床上更便于起立？

这一整天妈都坐在沙发上打盹，似睡非睡。每当我蹑手蹑脚走近她，为她把滑到腿上的毯子重新盖好的时候，她都会睁开眼睛，像是看着，又像没看着我地朝我望望。

那目光宁静、柔和、清明、虚无、无所遗恨……我甚至还感到一种特别的温煦，那正是生命之火在即将燃为灰烬时才有的一种温煦。

我没有看出一丝异常、恐惧、悲哀、怨尤……也许那时妈已心平气和地、慢慢地走向她的终点，归依她的结局。折磨了她一生的烦恼这时似乎被她一路行着，一路渐渐地丢弃。也许那就是很多人难以达到的于生于死的通达。

妈去世后，我有点明白了为什么有人把死亡说成是人生的归宿。

下午我到老家去洗脏衣服（因为洗衣机还在老家里放着），并取妈在医院吃剩下的"片仔癀"，以便涂抹她身上的那些出血性紫癜。不知道是云南白药或"片仔癀"的功效，还是妈的吸引能力强，反正妈身上那些墨黑的淤血斑块又渐渐地消失了。

推开客厅门叫妈吃晚饭的时候，她睁开眼睛幽幽地问："快天亮了？"

我心里又是一堵。妈怎么连天亮天黑都分不清了。

我不能回答，我不愿妈知道自己又分不清白天黑夜了。

在餐桌前坐定后，妈似乎又有些心慌，手也有些发颤。举放碗筷时，重重地往桌子上一落，像是勉为其难地支撑着碗筷的重量，又像丧失了举手投足间的轻重分寸。

说话时气也抖抖的。

现在我才想到，妈可能在极力掩饰身体的不适。因为手术后我一直沉浸在胜利的兴奋之中，她不忍打破我心中的那个幻象，不愿让我失望。为了这个，哪怕把就要一败而不可收的真情再隐瞒一分钟，再往后拖一分钟也好。

妈，就为了让我快乐这一会儿，您也许耽搁了诊救的时机，送了命。您为什么这么傻？您怎么不明白，只有您活着，我才有真正的快乐。

这些现象本该引起我的注意。可是我极力显出无动于衷的样子。我还在为昨天的作为而内疚万分，可是我的不安、我的内疚，常常表现为死不低头。我担心稍一松动，就会显出自己的内疚。其实死不低头恰恰就是畏怯，是不敢正视自己的错误。

这一次，我的畏怯又酿成了大错。

这是不是导致妈十几个小时后离开人世的一个原因？

而我那时仍然顽固地认为，我就是关心妈，也不能显示出来。我怕妈会看出这一点，从而造成她对我更多的依赖，懈怠了她对自理的要求，这对延缓她脑萎缩的发展极为不利。我真怕妈会变成大夫说的那个样子，虽然我知道早晚有一天妈会变成那个样子。那时妈该有多么痛苦！不过那时她也许什么都不知道了，而那会比我自己变成那个样子更让我难受。

我要尽一切努力，延缓那个时刻的到来。

我这一生，凡是要做的事差不多都做到了，便以为只要努力也可以改变妈的命运。

可唯独这件事我是彻底失败了。

我的刚愎自用害死了妈。

可是，妈，就算我没顾及到，您为什么不说呢？

我还发现妈差不多吃一口饭或吃一口菜就要喝一口水。饭前我给她倒的那杯水很快就喝完了，再往她杯里加水的时候我问："妈，您怎么老喝水呢？"

妈说："我觉得口干。"

口干是不是临终前的一种征兆？

小阿姨说："我看'复方阿胶浆'上的说明，如果服后口干可以减量。"

我拿过"复方阿胶浆"的说明看了看，果然有此一说，就说："那就从明天起减量吧。"

显然，我对妈如何进补还不如小阿姨经心。

后来妈好像又渐渐地恢复了正常。这样，我就更没把她刚才的不适放在心上。她一边喝着据说是对脑手术后进补有益的骨头白菜汤，一边指导我说："熬白菜汤最好还是用青口菜，肉也不能太瘦，油多一点才好吃，白菜吃油吃得厉害。"

我见妈老不夹菜，先生却是胃口很好的样子，特别对那盘炒豆腐。我就拿起那盘炒豆腐，往妈碗里拨了一大半，剩下一少半倒进了先生的碗里。其实先生并不贪吃，就是有点挑食，不对胃口的宁肯不吃也不肯动筷子。

只要不是在自己家，不要说是吃菜，就连吃饭妈也是只吃个半饱。这大概是她过去长期寄人篱下的后遗症。

要是妈一出院就住在自己的家里,心理上肯定会好过得多。我真后悔没有让妈住到旅馆或是招待所去。

那个装修公司赚的真是黑心钱。装修费用我在八月十五号就交齐了,可是因忙着给妈治病,一直没有顾得上去照看,装修公司说什么,我就信什么,弄得十二月二十号才能进入。历时四个月零五天,全部工程不过就是贴上壁纸铺个地板。

这所为妈而搬迁、而装修的房子,妈一眼也没看着。

新房子所处地段比较繁华,不必费很多周折妈就能上街遛遛,她也就不会感到那样寂寞。而且新房子与北京急救中心只有一墙之隔,我知道妈早晚有一天会需要急救中心的帮助。

一眼没看见还是小事,在妈急需抢救的时候,我们还住在先生远离急救中心的家里。

我又后悔何必那么自觉?医生说下面还有三个等着开刀的病人,需用妈那间单人病房,我就马上让出病房。其实这种手术,既然能晚一天,再晚两天也是没什么关系的。我是不是又犯了吃里扒外的毛病?总是为别人着想,为别人的利益而牺牲妈。要是不出院,当时抢救也许还来得及吧?

张洁送女儿唐棣出嫁。
一九九四年七月,美国

唐棣和丈夫Jim

吃过晚饭，我对妈说："妈，洗澡吧。"

妈说："哎。"

洗澡的时候，妈对我说："我的头发长出来五分了吧？等到春节就行了。不用买假发套，用不了多长时间。"

我本来打算忙过那一阵，在妈头发没长好之前，给妈买个假发套。

妈的头发是长得很快，可是绝没有长到五分长。但我却说："可不是有五分长了，您自己摸摸。"

我牵着妈的手指，向她的头上挪去。她跷着中指、无名指和小指，用拇指和食指捏了捏自己的头发，相信她的头发果然有五分长了。

那一天先生家里刚来暖气，洗澡间里还是很冷，我把水温调得比较高，并且一直把水龙头对着妈冲。冲着冲着，妈像想起什么，大有意义地"嗯"了一声，把水龙头往我身上一杵。可能她觉出洗澡间不够暖和，怕我着凉，想让我也冲冲热水，着点热气。

自七月底以来，妈很少这样做了。这倒不是说她不爱我了，而是她的魂魄那时似乎就已远去。

我把水龙头推了回去，说："妈，您冲。"她也就没再坚持。

当时我并不知道，这就是妈在世间对我的最后一次舐犊深情了。

我发现妈的手很凉,就尽量用热水冲她的全身。其实星期二给妈洗澡的时候,我就发现她的手凉了。不像从前,就是到了冬天她的手脚也比我的暖和,我还以为是暖气不热的缘故。现在当然明白,这都是人之将去的征兆。

我一面给妈擦洗,一面和她聊天。"您'谵妄'的时候为什么老叫奶奶?"

妈说:"因为奶奶对我最好。"

"您不是说二姑对您最好吗?"

"还是奶奶好。"

我对妈"谵妄"时老叫奶奶心中颇怀妒意。心想,奶奶有我这么爱您,这么离不开您吗?奶奶给过您什么?难道有我给您的多吗?

其实,那是人在意识丧失,或是生命处于最危急境况下的一种回归母体的本能。生命最后的依靠其实是母亲的子宫。

而且,不论我如何爱妈,永远也无法与情爱的摄人魂魄,或母爱的绝对奉献相比拟、相抗衡。妈自小丧母,只能将奶奶的爱当作母爱的代偿。可是就连这种代偿性的母爱,她也没能得到多少。

虽然这样想前想后,但每每想起妈叫奶奶的情景,我还是会谴责自己远远赶不上一个乡下的穷老太太。

我这样有一搭没一搭地问着,其实也是一种反省,妈叫奶奶，不叫我，难道不是对我无言的批评吗？要是她很满意我对她的照料，就不会想奶奶了。

给妈擦洗完后背就该擦洗腿和脚了，我发现她的脚腕周围有些水肿。便问："腿怎么有些肿？"

"这是昨天累的。"妈像叙述着一个既和她无关，也和我无关的不近情理的故事。

虽然只有一个"累"字，可却是对我最有力的控诉。

同时我也明白了，妈是永远不会了解我宁肯有不孝之罪，也要她树立起活下去的信念的苦心了。妈更不会了解我对她的这份苦爱。

我颓丧地蹲在妈的脚前，仿佛是站在一个哪边都不能依靠的剪刀口中间，深感自己无力而孤单。

妈脚腕周围的水肿也许正是整个机体败坏的表现。可我这时又不强调科学了，而是用毫无科学根据的"男怕穿靴，女怕戴帽"的说法排除了我的多虑。

该洗下身了。这时我恰好站在妈的身后，我的两只手从她背后插进她的胳肢窝，只轻轻一托，妈没有一点困难就站起来了。

我的眼前简直就是一亮。我一下就明白了，过去我总是站在她的面前抱她起身，这恐怕是她只能，便也只会用脚尖着地，不会用脚后跟着地，腿部使不上劲的原因之一。

这更说明妈站不起来，不是指挥四肢的脑神经受了损伤，就像我说的那样；而是她的精神障碍以及我的训练不当所致。

妈不但松了一口气，更是难得地喜形于色，主动地让我扶着她一连练习了好几遍。

给妈洗完澡并穿好衣服之后，我说："您等着，等我穿好衣服送您出去。"

妈说："不用，我自己走。"

我在门缝里看着妈出了洗澡间后墙都不扶，挺着背，不算挺得很直，但也算挺着往客厅走去。

等我洗完澡到客厅去看妈的时候，她又变得有点怪。她提醒我说："我的钱在裤兜里装着，你们洗裤子的时候别洗了。"

我说："妈，您没换裤子，再说钱也没在裤兜里装着。"

见妈还是固执地认为钱在裤兜里装着，而且认定会被我们洗掉的样子，就拉着她的手走到客厅的橱柜前，拉开橱柜上的抽屉，给她看了看放在抽屉里的五十块钱："妈，您瞧，钱不是在这吗？"

妈好像看见了那张钱似的应了一声，可是她的视线根本没落在抽屉里，而是视而不见地、直勾勾地望着面前的虚空。

见妈这般模样,我又拿起那张钱放在她手里,让她摸了一摸:"妈,您看。"

妈又应了一声,可还是一副无知无觉的模样。

我心里飘过一阵疑惑,却没想到是不是有些不祥。

回家以后,妈像在医院"谵妄"时一样,老是要钱。她说:"给我点钱,我手里一个钱也没有怎么行。"

我想妈短时期内不会独自出门,也不可能料理家务,象征性地拿了五十块钱给她放在客厅那个橱柜的抽屉里。

可能妈这辈子让穷吓怕了,手里没有几个钱总觉得心虚,没着没落。

这种没魂儿的样子一会儿就过去了,妈又恢复了正常。

我吩咐小阿姨熬红小豆莲子山药粥的时候,妈说:"把瑞芳给的红枣放上一些。"我忙抓了几把枣洗了洗放进锅里。

妈又说:"多放点糖。"我又嘱咐了小阿姨多放一些糖。

熬粥的时候,我守着妈坐下了。这时,我又说了一句老想说,却因为难得兑现所以就难得出口的话:"过去老也没能抽时间陪您坐一会儿,现在终于可以陪您坐着聊聊天了。"自从妈生病以来,我做了至少半年不写东西的准备,以便更好地照料妈。

但是星期二给妈洗澡的时候,我冻感冒了。我怕传染给妈,好几天没敢多和她接近。我大于正常用量的几倍服药，直到星期日才见好转。幸亏我的感冒好了，这才可以和妈在一起呆一会儿，否则连最后的这个相聚也不会有了。

我没有对妈说起我的感冒，怕她为我着急。可是我又怕妈以为我不关心她、冷落她，把她撂在一旁不管。一向大大咧咧的我，想不到人生还有这么多时候，连这样琐碎的事也要瞻前顾后、左思右想，难求两全。

可是妈知道我的用心吗？也许知道，也许不知道，也许恰恰以为我是冷落她。那么她离开人世时，心境该是多么凄凉。

妈说："我也不会说什么。"说不说什么并不要紧，要紧的是我终于天良发现，想到了妈对与我相聚的企盼，终于和她偎依着坐在了一起。

我嗑着孜然瓜子。是妈出院第二天，我到稻香村去买她爱吃的芝麻南糖时一并买的。

妈去世以后，我再也不吃瓜子了。一见瓜子，就会想起那一个最后的夜晚。

妈咬了一口芝麻南糖说："过去的芝麻糖片可比这薄多了。"

现而今，又有什么不是"俱往矣"了呢？

但我还是感到鼓舞，妈连这样小的事情都记得，不正说明她的情况不错吗？因此我还跟妈逗趣地说："妈还挺内行。"

糖块又厚又硬，咬起来比较困难，妈只吃了一块就不吃了。我以为妈可能是怕硌坏了她的假牙，其实她那时哪还有心气儿吃糖？回到家里的第二天，我给妈剥了一些糖炒栗子她也没吃，全给了小阿姨。记得我还埋怨过妈："妈，我好不容易剥的，您怎么给她吃？她要吃可以自己剥嘛。"

妈轻轻地责怪着我："你不应该那样给我夹菜，让老孙多下不来台。"想不到这也是妈对我的最后一次责怪了。

我说："那怎么了？不那么夹您就吃不上菜了。咱们吃的又不是他的饭，咱们吃的是自己的饭。"

强调这点和用行动证明这点非常重要，妈对嗟来之食有难以忘怀的痛楚和难以化解的羞辱之感。就是这样，妈还不往饱里吃呢。对她来说，这到底不是自家的餐桌。

妈又说："老孙这次表现不错。不怎么馋，吃菜也不挑。"

唉，他要是不挑食，我也就不会那样给妈夹菜了。

我倒不是和先生争食，我是怕他这种不必谦让的、自家人的亲情，让多愁善感的妈又生出寄人篱下的伤感。我倒好说，妈到底是住在先生的家里，就是多些客气，也不会多余。

看来妈对借住先生家，以及先生此次的接待是满意的。对于她的满意，我自然应该扩而大之。难道我不是这个仍然肩负着各方历史关系的家庭起承转合的轴承吗？我立刻请先生到客厅里来坐。当着妈的面，为建设我们这个家园，我又做了一次笨拙的努力："妈说你这次表现不错。"

妈白了我一眼。这就是她今世对我的最后一次无言的训斥了。宽宏大度的妈，一定是觉出我这句话的不妥之处了。

先生曾经身居高位，有时肚里很能撑船。惑于情爱，凑巧也能让我三分。他没有计较我的不敬，也抓了一把瓜子嗑着，断断续续地说着一些闲话。

我们当时说了些什么？记不得了。反正是每个围坐在一起的家庭都会说的那些话。

这时我不知怎么一回头，看见猫咪就蹲在我背后，也就是妈对面的沙发上，眼睛一眨也不眨地注视着我们。后来，每当我回忆起这个时辰的情景，我都觉得它那时恐怕就知道妈的最后时刻已到。否则它为什么那样忧伤而决绝地注视着妈？不是说猫有第六感觉吗？它为什么不会说话？它要是会说话，一定会预先警告我吧？

我走过去把它抱来放在妈的膝上。我说："妈，您看猫对您那么好，您也不理人家了。"

我的意思是，除了妈出院那天我把它从老家带过来的时候，妈显出过兴奋之外，以后她好像再没有关注过它。

从它出生一个月后来到我们家，到妈去世，整整九年，每日三餐都由妈亲手调制。晚上睡觉之前，妈要亲自为它铺好被褥，给它盖好，对于我们的代劳，妈是很不放心的。就是它白天打盹，妈也不允许我大声说笑，怕影响它的休息。妈不断检查冰箱里鱼和猪肝的储量，随时敦促我进行补充。不论有了什么好吃的，她总是悄悄地留些给它。一向为我节俭的妈，有一次甚至让我到外汇商店给它买一个进口的猫食罐头尝尝，但是被我拒绝了，我担心它从此就不再吃中国饭，那样的消费如何承担得了？我很后悔当时没有答应妈的要求，虽然我现在有过之而无不及地按照妈的要求去做，妈也享受不到那份爱猫之乐了。

我不是没有觉察到妈对猫咪的忽略，但我那时还没有这个悟性。妈不是不再宠爱她的猫咪，妈是气数将尽，无能为力了。

妈没有解释自己对猫咪的忽略，她只是抬起似乎每个细胞都有千钧重的胳膊，在落下时却化为无声的轻柔，轻轻地摩挲着它，就像星期三早上摩挲我的头顶那样。

妈不摩挲我和它，又能摩挲谁呢？

妈一面摩挲着猫一面说："虽然我老了，可是还是活着对你们更好。"

"那当然。"我热烈而急切地证实着她的这个结论，希望她能最迅速、最确凿地听到我的反应。我来不及对我的热望做更多的描绘，好像我的反应越快就越能帮妈一把，就能越快地把自己的热望和力量传导给妈。

虽然我不曾对妈准确或不准确地解剖过我的困惑，但从妈的这句话里，我听到了她对我的深入生命本源的知解。

妈，您当然要活下去，否则我在这个世界上还有什么可为的呢？一个人要是没有什么可为的，也就难活下去了是不是？

从妈这句话里，我还听到活下去的愿望。我想这是因为她刚才差不多恢复了从椅子上站起来的能力。

不过，这也许是妈对我们表达的一份眷恋？

这时妈又让我从后面托着她的胳肢窝，练习了几次从凳子上起立坐下的动作。我真是只用了一点点劲，她就站起来了。

妈说："高兴，高兴，我的思想问题解决了一半。"

妈之所以这样说，肯定是因为我前几天针对她的思想障碍，不得已地告诉她，她的脑子已经萎缩得相当厉害，并编出再不努力锻炼脑子就要继续萎缩下去，那就没有几日可活的瞎话吓唬了她的缘故。显然，我那枉费心机的瞎话，不但没有起到我预想的积极作用，反倒成了妈的思想负担。

妈练了还要再练。"再练练。"妈说。

妈像一匹卧槽的老马，又挣扎着站起来了。一站起来就想和我一起在只属于我和她两个人的人生跑道上迅跑。

妈又摇摇晃晃地站到了我们的人生起跑线上，准备再次和我紧紧地摽在一起，起跑、冲刺了。尽管头一天因为她不肯再与我同行，我们曾那样地绝望过。

我和妈在一起生活了五十四年。我的人生和妈的人生紧紧地纠结在一起，根本无法分清哪是她的人生、哪是我的人生。所有的大灾大难，都是我们一起闯过来的。没有了我或妈，我们的历史和我们的感受就是残缺的。

我怕妈累，说："明天再练吧。"
可是妈没有明天了。
要是我知道妈已经没有明天，我何必不让她再多练几下，让她多高兴一会儿呢。

粥熬好了，妈吃了一大碗，说："我就爱吃这个。"我立刻又去给她盛了半碗，尽挑内中的精华，莲子和山药。

是不是这一碗半粥导致妈猝死于心肌梗塞？要是不吃这一碗半粥，妈是不是就能逃过这一关呢？

这个晚上，妈似乎很高兴。她是不是知道自己要走了，所以就强颜欢笑以稳定我的心？

吃过粥，我就给妈铺床。
偏偏是这一个晚上，我让妈开始锻炼自己睡。临睡前妈问我："今天怎么个上厕所法？"

像吃晚饭时那样，妈的声音里似乎又有些抑制的颤抖。我想了一想，却也没有多想。

我要抑制我的冲动，我怕流露出更多的关注，反而害了妈。

以后，当我在脑子里一再重复这个细节的时候，我的耳朵里越来越真切地重现这句话的声音。每一回我都会得到重新肯定，当时的感觉没错。那声音不仅是颤抖的，也是压抑的。

为什么会这样？

那时，妈还剩下最后的七八个小时，一定不适得难以支撑，可又怕我误解她是在"闹"，便极力抑制着自己的不适。

我说："我十二点来叫您一次，小阿姨五点来叫您一次。"

前两天，妈还怯怯地、生怕添乱地问过我："不是说回家以后晚上就把便盆放在我的床边，我不用再到厕所去了吗？"

我狠狠心，假装没有听见。

我是说过这样的话，回家以后，晚上就把便盆放在妈的床边，免得她上厕所不便。可那时还没有和病理切片室张主任的那场谈话。

然后就一门心思认准，只有让妈多多自理，她的脑萎缩才会有所抑制。一想到妈有一天会变成一个六亲不认、专吃垃圾或其他什么的人，我就被巨大的恐惧压迫得难以喘息。又见妈回家后晚上不再"谵妄"闹着上厕所，就打消了让妈尽量方便，给她放个便盆在床边的念头。

这时小阿姨说："要不我还是陪姥姥睡吧？"

我却没有同意："还是让她练着自己睡吧，我们按时来叫她上厕所。"

我深知小阿姨和我在医院交替陪伴妈的辛苦，特别是晚上，很少睡觉。既然妈的身体已渐渐地恢复正常，就该让小阿姨多休息一些，以补偿在医院时的劳苦。

心里倒是想了一想，应该由我来陪妈睡。但又想，从八月份给妈张罗看病以来就没陪伴过先生，妈渐渐康复后我再不照顾一下他，他该不高兴了。

果不其然，妈走后，头七还没过，先生就对我大发其火。那时，我痛苦得无着无落，坐也不是，站也不是。一天晚上先生在看电视，小阿姨在忙别的，我在房间里茫无心绪地遛来遛去，无意之间走到厨房，见到橱柜上的药包，心想，不如替小阿姨给先生熬中药，也许还能分散一下我的伤痛。没想到先生却大发雷霆："你折腾了几个月了……到现在，连安安静静地看个电视也不行……你少动我的药！我的东西不要你动……"

我和小阿姨只有对着妈的遗像，抱头痛哭。小阿姨还不停地哭叫着："姥姥，姥姥！"我直哭得手脚冰凉，嘴唇发麻，几乎没了气息。其情其状，可谓惨矣。

人们错以为我这个人什么都不在乎，其实我是个胆子很小的人，诸如怕给人添麻烦、怕惹人伤心或不高兴、怕看人脸色、怕惹是生非等等。

而且根据我的经验，不论哪个家庭，只要有一个人心里不痛快，处心积虑地想要找茬子发泄一下的话，全家人都别想痛快。对于我这个家里家外、上上下下累到连最后一分劲儿都使光了的人来说，实在是多一事不如少一事。一般来说，宁肯息事宁人，除非忍到忍无可忍的情况下，才会来一次大发作。

如此，我打消了留下来陪妈的想法。

回想我这一生，可以说没有对不起谁。只有妈，我对不起妈。我欠妈很多，别说是没有机会了，就是有机会我也无法还清。

凌晨两点多钟的时候，我起来招呼妈上厕所。按照我的计划，本应在十二点一次，凌晨五点一次。可是我起晚了，心里有些愧愧的。

扶妈坐起后，发现她已尿在"尿不湿"上，但我还是扶她上了一次厕所。

扶妈坐在马桶上，我就赶快回客厅换"尿不湿"上的毛巾。刚换好毛巾就听见妈叫我："行了，来吧。"

我赶到厕所，把妈搀回客厅扶她坐在床上。她指着我的身后说："那里怎么一片火呢？"听上去那是很大一片火，可是她的口气里却没有惊慌，好像她那时已站在天上，遥望着距她很远的另一个世界里的事情。

我回头一看，原来妈指的是对面小桌上的台灯映出的那片光晕。

我心里又是一阵不安和沮丧。妈怎么又糊涂起来？我希望这不过是她没有从睡梦中完全清醒的缘故。

可是我不能纠正妈。如果她知道自己连这点判断力都没有了的话，不是对她的又一次打击吗？

感谢先生想得周到，那日不知怎么想起在妈客厅的小桌上安个台灯，说是不必关上，就让它一直亮着，万一妈晚上有事方便一些。

再过几个小时，可不就有了大事。

然后我就扶妈躺下，妈说："我不睡了，一会儿不是还要出门儿吗？"

我以为妈说的是八点钟我们得按预约时间到北京医院给她做放射治疗的事。后来明白，这就是谶语。

我说："时间还早呢，您动作慢咱们就六点起床，那也来得及，您还是再睡一会儿吧。"

我又有意识地点了点妈动作慢的问题，直到那时，我仍然不放过激励她的任何机会。

三个小时之后，妈真的上路了。我那时要是知道神的旨意，就不会让妈再睡，也不会离开她，而是想方设法去救她。

妈很听话地躺下了。

我蹲在妈的床边说："妈，请您原谅我。"这是我在白天和昨天决不肯说出的话。倒不是我不肯认错，而是我昨天的错太大了，以至没有了认错的勇气。

没想到这就是妈在世上听到的最后一句话，没想到我和妈一世的缘分也就了结在这一句话上。这句话真是我和妈这一世缘分的注脚。上帝的秤是非常准确的，我欠妈的，他会一点也不剩地给妈带上。

感谢上帝，他让我对妈最后说了这句话，也让妈带着这句话到另一个世界里去。妈上路的那个时辰，会不会因此感到一些安慰？我希望着。

我曾后悔，没有勇气把需要妈原谅的话说得更为具体。

现在我不后悔了，我要她原谅的地方太多了，不如像无以倾尽的无字碑那样铺在她的脚下。

首先就得为我的出世请求她的原谅，那还只是肉体上的磨难。她当时一定没有料到，日后我在精神上、心灵上给她的磨难更深。

唐棣的儿子Dylan，他长得很像曾外祖母

唐棣的女儿Giselle，生于一九九九年六月二十三日

我不知道每一个孩子的出生、成活、成长，是否都是母亲的灾难。

又有哪个母亲不是穷其一生为她的孩子榨干最后一滴血？而我的母亲尤甚。

妈的眼珠往我蹲着的方向扫了一下，显然她听见了我的话。可是她的视线并没有落在我的身上，也没有和我的眼睛对视一下，更没有和我说句话。

这是妈在世上看我的最后一眼了，而且还没有落在我的身上。我不相信这是因为妈不肯看我。其实她早就原谅了我，不论我做了多么让她伤心的事，她也会原谅我，但原谅了我不等于她就不再伤心。我不请求她原谅还好，一提，也许反倒勾起那一桩桩一件件让她伤心的往事了。

关客厅门之前，我回头看了看妈。她的两臂紧贴着双腿，脸朝上直挺挺地躺着，嘴唇紧闭成一条深色的窄线，颧骨从未有过地凸现，两腮就显得塌落，很像我在一些遗体告别式上看到的遗容。我心里不觉掠过一丝蹊跷而又不祥的感觉，可是我马上就排除了这种无稽的想法。我那时仍然不相信神的暗示，一门心思认定妈手术效果良好。从此以后，妈什么病都没有了，一定能活到九十岁。

由于两点多钟刚带妈上过厕所，我想，到天亮还有三四个小时，不会再有什么事，便放心地去睡。我很快就睡着了，而且睡得很死。

幸好小阿姨按照我的要求，凌晨五点钟再叫妈上一次厕所，可是她也晚了二十多分钟。

五点二十分左右，小阿姨突然惊慌失措地在我的卧室门外叫道："阿姨，你快看姥姥怎么了！"

我猛地跳下床跑到客厅，一看，妈不像过去那样，一醒来就穿好鞋坐在床上，等着我或小阿姨去搀扶她，而是扒着床沿，赤脚跪在地上。左膝稍稍靠前，右膝稍稍靠后。

后来我怎么想也想不明白，就在那一瞬间，我怎么就再也没有了妈！我不知道为什么世间有很多非常、非常简单的事，任你穷尽一生去想，可你就是想不明白。

奇怪的是我这时还能注意到，在我闯进客厅的时候，猫咪没有睡，而是蹲在沙发上惊恐地、专注地看着妈。只是在我冲进客厅的时候，它才从沙发上跳下，奔了出去。

妈离开这个世界那一刻的最后见证不是我，而是它。好在当时还有它在妈身旁，它终究也是妈之所爱。

它一定想过要帮助妈，可是它却无能为力。你为什么不来叫我呢！猫咪！

这时先生也赶来了，和我们一起把妈抱到床上。

我把手指伸进妈的嘴里，她的牙关还没咬紧，可是舌头已像危重病人那样，往舌根缩去，不再贴着上牙膛。

后来分析，妈那时不过刚刚断气。要是小阿姨按我规定的时间去叫妈，妈还会不会有救？

我又拿起妈枕边的手电筒去照妈的瞳孔，似乎还有光点在妈的瞳孔上闪回。其实，那不是瞳孔对光的收缩反应，而是玻璃球体对光的折射。我不知是安慰自己还是安慰别人，对已做哭丧之举的小阿姨说："没事，没事，是昏过去了，有救。"

我先是扑上去嘴对嘴地给妈做人工呼吸，可是使不上劲。然后又用手挤压她的胸膛，妈那时还能跟着我的动作往外喷气。后来小阿姨对我说，那不过是我用力挤压的结果。

同时我吩咐小阿姨去给急救中心打电话。平时很伶俐的小阿姨却不知为什么打不通急救中心的电话。

我又让先生去打，他打来打去也打不通。我只好放下妈，让小阿姨给妈做人工呼吸，我去给急救中心打电话。因为先生的心脏动过手术，这样费力气的事不敢惊动他。

急救中心的电话接通以后，先放的是一段英语然后又是一段汉语录音带。我无奈地等着，恨不得把手伸到急救中心，一把揪断这段录音带。

我抱着须臾不可离开的电话筒，急得火冒三丈而又无能为力地看着小阿姨给妈做人工呼吸。那哪儿是做人工呼吸？简直像做柔软体操，一点儿不敢用力，也没有把妈的两条胳膊挤压在她胸口上。可是我没有分身之术，不能去替换小阿姨，我得等着和急救中心通话。

急救中心好不容易答话了，我声嘶力竭地叫道："人都停止呼吸了，你们快来呀！"

我不明白他们为什么会问这样的问题："你们是想抢救，还是想干什么？"

我说："当然是抢救了！"

他们问了地址，并让我到附近的汽车站去等着引导他们的救护车。我如何可以离开？就叫小阿姨去胡同口等着，我怕急救中心的车来得太慢，又让先生到附近航天部研究所的诊所去找大夫。

然后我又返回身来扑向妈去做人工呼吸。

那时，我就像一个不会游泳，却沉落在水底，被水呛得无法呼吸的人一样害怕。

附近诊所的大夫很快就来了。她一看就说妈是心肌梗塞，没有救了。

这时急救中心的大夫也来了。年轻的、睡眼惺忪的女大夫一看也说不行了。在我的请求下，她才给妈做了一个心电图。她说："已经是直线，没有心跳了。"

我又求她给妈打强心针。

她说:"打也没用了,要是有用就给她打了。"
她走了以后,航天部研究所诊所的大夫又留了一会儿。
她看着妈的脸说:"多慈祥的一个老人哪。"
在她们都走了以后,我才会哭。

可能就在这个时候,先生给王蒙兄打了电话。王蒙兄又给维熙、谌容和北京作协打了电话,因而他们很快就赶来了。维熙顺路又接来了蒋翠林。

不论我如何悲痛欲绝,我也没有权利坐哭与母亲的诀别。除了我自己,还能有谁来帮我张罗妈的丧事呢?没有!既然没有,我也只好眼睁睁地看着本就是最后与母亲相聚的时间,从我和妈的身体之间飞逝而去。果真只是身体之间了。

给妈换内衣的时候我发现她的两个膝头微微地磨掉了皮,看得出妈在最后的时刻,曾想挣扎着站起来,而且是拼死拼活的挣扎。

这是有意识的争斗,还是生命离去时的本能?

要是有意识的争斗,我还感到些许安慰。这说明妈还想活下去,可我又想,这争斗很痛苦吧?如果想活下去,而又知道活不了的话。既然如此,也许不如是生命离去时的本能。也许那时,妈已经什么都体味不出了。

看着妈磨破的膝头,我心疼如绞。妈在这激烈的争斗中,只能独自承受那些我无法代替、无法分担的,死亡袭

北京急救中心收据,一九九一年十月二十八日(收据上误写为二十七日)

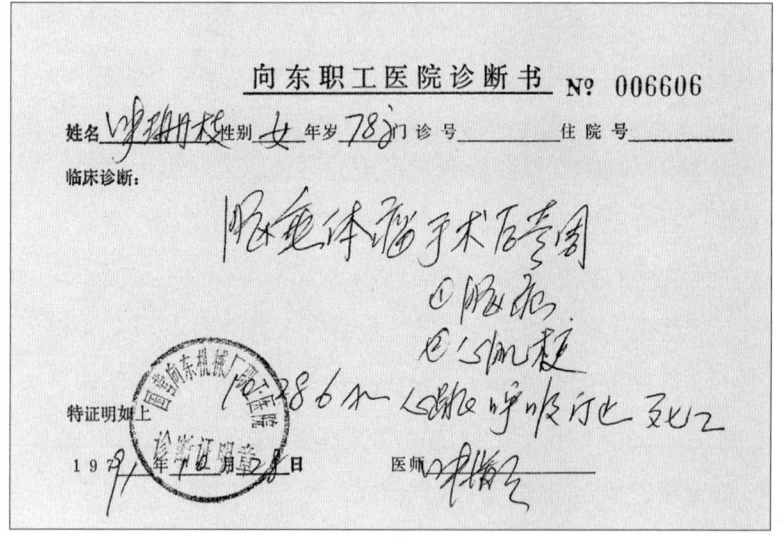

母亲的死亡诊断书,一九九一年十月二十八日

来时的恐惧和痛苦。

我给妈换了外衣。那套妈最喜欢，又合适秋天穿的棕色花呢、沿秋香色缎子小边，盘同样缎子花扣的中式套装，放在没装修好的新房子的某个纸箱里。究竟是在哪一个纸箱里？那里紧紧地堆放着几十个纸箱，根本就没有找出的希望。

要命的是新房子的钥匙还在装修公司手里，在早上

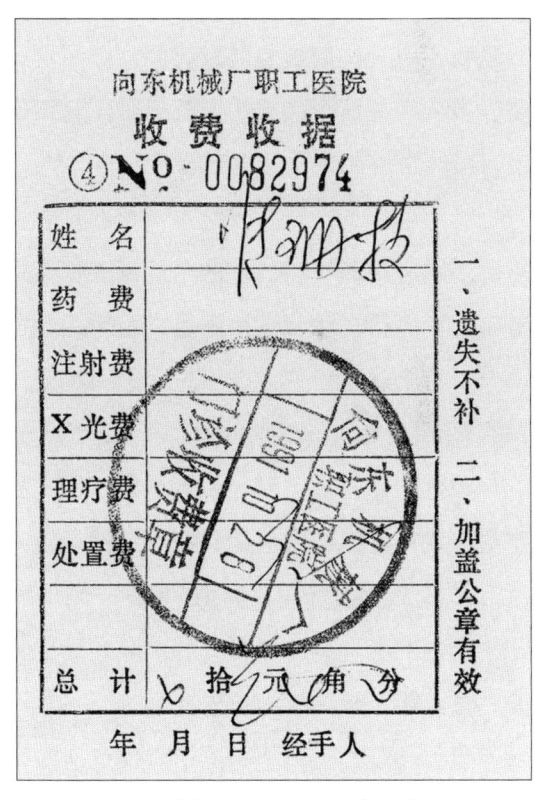

母亲的最后一张门诊收费收据

六七点钟的时候,我上哪儿去找他们?通常他们九点钟才开始工作。

还是借蒋翠林的光,火葬场答应可以及时火化。他们的车,十点就要来了。

由于妈是在家里过世,而家里是没有条件久停的。要是自己的家,多停一两天还可以,可惜是在先生家。妈一辈子都不愿意烦扰他人(包括我),也这样教育我和孩子。所以我不敢为妈的装殓耽误时间,过了这个时间又不知道要等多久。在这个活着的人都要因陋就简的环境里,哪儿还有可能讨论和顾及不再活着的人的方便。

听小阿姨的指导,我给妈穿了前几天新买的纯棉运动衫裤,她说按照农村的说法,棉制衣物装殓最好。谌容来了以后说不行,让我到房间里去重新给妈找些正式的衣服换上。后来她对我说,她不过是想用这个办法来分散一些我的悲痛。

我找来找去找不到什么合适的衣服,只好拿了我的一件蓝色底有紫红和白色细条格子的旧棉袄,和妈的一条蓝色毛涤裤子,还有我在奥地利买的一双棕色半高跟皮鞋,一一给妈换上。妈的脚有些肿,穿的又是我的一双茶色人造毛的长袜,所以鞋子还不显大。

我到现在也觉得不如不给妈换这些衣服,因为妈后来穿惯了运动衫裤,那对她方便而又舒服。

谁让我老是相信装修公司的鬼话，以为不久就能搬进新家，手上只留了几件日常换洗的衣服；谁又料到手术非常成功的母亲会突然去世，以至她上路的时候，连一套像样的衣服也没能穿上，更不要说她最喜欢的那套。

好在张家的女人也不认为这有十分的重要。

谌容又提醒我应该给妈带上一件她最心爱的东西。我马上想到的是唐棣的什么东西或是照片。可惜，一切东西都堆放在没有装修好的新房子里，手头什么也没有。可是那一瞬间，我不知怎么想起先生家里有一张妈和唐棣的照片，那是一九九〇年我们在 RBO 家里吃烤肉的时候拍的。这种根本不会沉淀在记忆里的小事，那种时候居然能够记起，又居然能够找到，不是冥冥中有人助我，其实也就是帮助妈遂了心愿又是什么？

照片上的人影虽然很小，但我想这就是妈最心爱的东西了。

我把妈的上衣解开，把照片放在贴近她胸口的地方。

后来我又想，是不是我理解错了谌容的意思，她说的心爱之物该不是金银首饰吧？

小阿姨把妈的双脚并拢，用一条黑布带把妈的双脚捆上，又让我在妈身上罩了一张白布单子。幸亏有这来自农村，见过并懂得如何办理丧事的小阿姨，不然我真不知道这一切该怎么做，并且还会做错很多。

妈全身都很干净，她一辈子好强，走也走得干干净净。

我坐在地上守着妈。我知道再也守不了多少时候了。这样的相守是过一秒少一秒了。

妈紧紧闭着嘴。无论我和小阿姨怎么叫她，她都不答应了。

我觉得她不是不能呼或吸，而是憋着一口气在嘴里，不呼也不吸。那紧闭的嘴里一定含着没有吐出来的极深的委屈。

那是什么呢？我想了差不多半年才想通，她是把她最大的委屈，生和死的委屈紧紧地含在嘴里了。

妈永远地闭上了她的嘴。有多少次她想要对我们一诉衷肠，而我又始终没有认真倾听的耐心，她只好带着不愿再烦扰我们的自尊和遗憾走了。我只想到自己无时不需要妈的呵护、关照、倾听，从来也没想过妈也有需要我呵护、关照、倾听的时候。如今，我只好翻看她留下的那份可以详尽其苦的自述了。

妈走的时候，我本可以在她的身边，可是，我去陪先生了。

要是妈出事的时候小阿姨或我在她身边，也许她还有救；至少，在她走的时候，我能拉着她的手，让她这辈子哪怕有一次不孤独的记录。

妈肯定呼喊过我，我却没有听见，她只好一个人孤孤单单地上路了。就像她在手术前劝慰我的那样：时间长了就好了，我不是孤独了一辈子吗？

即使妈已经迈上那条黄泉之路，只要还没走远，也许我还能把她叫回来。这样的事情不是没有……

…………

一想到妈是这样走的，我就悲从中来。

人人都说我是个孝女，其实我让妈伤了一辈子的心，让妈为我劳累了一辈子。就在她已经没有几日可留的情况下，我还逼着她一会儿起来、一会儿坐下地锻炼……是我把妈累死了。这，谁又能看得见呢？

我不需要人们说我怎么好，我要的是妈活着，哪怕再活一年，再让我为她做点什么。可是她不，她就这样去了。

不论我曾经怎样伤过妈的心，妈走的时候，还是左思右想，挑了一个不会给我留下更多悔恨的时辰。

妈没有在手术台上走，免得我为签字手术而自责。

妈没有在我逼她起立坐下的时候走，让我有机会用其实是对她无尽的深爱做一些弥补。

妈拼却一命留给我最后一个满足："高兴，高兴，我的思想问题解决了一半。"让我以为我的努力终于成功：妈又有了活下去的自信、愿望和勇气。那不也就是给我以勇气和希望。

妈还有机会对我说,她就爱吃我做的莲子小豆粥,为我日后的回忆留下些许的安慰:妈走的那天还算快活。

妈让我有机会在她说"虽然我老了,可是还是活着对你们更好"的时候,以明心迹地说声"那当然"。

妈给了我陪她坐一会儿的时间,让我能够对她说:"妈,过去老没能抽时间陪您坐一会儿,现在终于可以陪您坐着聊聊天了。"而妈又给了我最后的谅解,"我也不会说什么,也说不出什么……"

妈留给我一个了结我们这辈子缘分的机会,让我能够对她说一句:"妈,请您原谅我。"那是她最后对我的疼爱。也是上帝对我的恩惠、对我的了解,"他"知道我不过是要妈更好地活下去,只是我的办法过于拙劣,又急于求成。

我亲吻着妈的脸颊,脸颊上有新鲜植物的清新。那面颊上的温暖、弹性仍然和我自小所熟悉、所亲吻的一样,不论在任何时候,或任何情况下,我都能准确无误地辨出。可是从今以后再没有什么需要分辨的了。

为什么长大以后我很少再亲吻妈?

记得几年前的一天,也许就是前年或大前年,忘记了是为什么,我的心情少有的好,在妈脸上重重地吻了一下。至今我还能回忆起妈那幸福的、半合着眼的样子。为什么人一长大，就丢掉了很多能让母亲快乐的举动？难道这就是成长、成熟？

现在，不论我再亲吻妈多少，也只是我单方的依恋了，妈是再也不会知道、再也不会感受我的亲吻带给她的快乐了。

很快，就连这一点依恋也无从寄托、无处可寻了。

我又在妈身旁躺下，拉起妈的右臂，像我小时那样，让妈的手臂环绕过我的颈项。我贴紧妈的怀抱，希望妈能像我小时那样，再搂抱我一次，可是小阿姨把我拉了起来，说："阿姨你不能这样，这样姥姥的胳膊就永远伸不直了。"

我只好起来坐在妈的身旁，拉着妈的手，目不转睛地看着妈。也只能拉着妈的手，也只能这样看着妈了。就是这样，也是看一眼少一眼，拉一会儿少一会儿了。

妈那一生都处在亢奋、紧张状态下的，紧凑、深刻、坚硬、光亮、坚挺了一辈子的皱纹，现在松弛了、疲软了、暗淡了、风息浪止了。

从我记事起，妈那即使在高兴时也难以完全解开的双眉，现在是永远地舒展了。

妈的眼睛闭上了。

那双眼睛，到现在也显出常人少有的美。先是在大眼角那里往上抛出一个极小的弧，然后往下滑出一道优美的长长的弧线，再往小眼角走去。最后在小眼角收势为更小的一个弧。一般人闭上眼睛以后，仅仅是一条弧度很小，差不多就是直线的弧线。

真正让我感到妈生命终止的、妈已离我而去永远不会再来的，既不是没有了呼吸，也不是心脏不再跳动，而是妈那不论何时何地，总在追随着我的，充满慈爱的目光，已经永远地关闭在妈的眼睑后面，再也不会看着我了。我一想起妈那对瞳仁已经扩散，再也不会转动的眼睛，我就毛骨悚然，心痛欲裂。

我也不相信妈就再也不能看我，就在春天，妈还给我削苹果呢。我相信我能从无数个削好的苹果中，一眼就认出妈削的苹果，每一处换刀的地方，都有一个妈才能削出的弧度、妈才能削出的长度，拙实敦厚；就在几个月前，妈还给我熬中药呢……我翻开妈的眼睑，想要妈再看我一眼。可是小阿姨说，那样妈就永远闭不上眼睛了。

妈，您真的可以安心地走了吗？其实您是不该瞑目的。

渐渐地，妈的手也越来越黄了，就像一九八七年她得了黄疸性肝炎那么黄。虽然妈的手还像活着的时候那么暖和，可我知道，这是因为我一直握着的缘故。

妈的脸也越来越黄，嘴唇也渐渐地紫了，看上去像是一个没有生命的人了。

剩下的事，就是等火葬场来接妈了。

十点钟，火葬场的人来了。他们指着妈身上的被褥问道："这些铺盖带走吗？"

我这才意识到该给妈铺好一点的被褥。我怎么什么都不懂！

我抢先回答道："是的。"

除了白底红条的床单是先生早年生活的旧物，其他一应物品全是我们从前购置的，所以做得了这个主。

枕巾是橘黄色提花的，枕头是哪一个我记不起来了。

被里和棉胎倒是新的。但被面是我们从前住在二里沟的时候买的。米色底，上有红色圆圈套着黑色的三角框，或黑色圆圈套着红色的三角框。我想妈带这床被走也好，那上面记录了只属于我和妈的艰难岁月。

就这样潦潦草草地把妈送走了。没想到妈走得如此突然，而我又无法分身去为妈准备什么。

我倒不大在意这些，我悔恨的是我永远无法回报妈的爱了。

送妈出家门的时候，机关里的司机小段在我身边指导说："说，'妈，您走好。'"我照着说了。这一说，这一送，是永远地把妈送出门、永远地把妈送走了。

去的是东郊火葬场。天气晴好。没想到又经过了西坝河，我们本要搬离的地方。我本以为，给妈安排了一个更好的住处，我是不会让妈再回这个人生地不熟，对她的寂寞生活没有什么乐趣的地方了。可是没想到，妈还是要和她曾经住过的这个地方告别。那时，天意不可违的念头第一次出现在我的心里。

从我非要妈活下去而至失败，我懂得了"顺其自然"。其实妈手术时就准备去的，虽然手术如我所愿、所直觉地成功了，最后事态还是按着妈所预想的发展下去。这是我的失算。这一辈子我想做的事，没有一件做不成功。唯有这一件，我失败了，我败给了妈，败给了命。我不能战胜命，也不能战胜上帝。

在火葬场办理了一应手续。给妈挑骨灰盒的时候，我都不能相信妈不在了，就是前几天，我还在商店里给她选衣服呢。

我挑了一个最好的，希望妈在那个世界里有一个好的住处，既然她没能住上我主要是为她搬的这个新家。

人们提醒我给妈买了一个小花圈。可惜火葬场没有鲜花的花圈。

"放在哪儿？"我问。

人们告诉我应该放在妈的身上。我听话地把花圈放在了妈腿上靠近膝盖的地方。

这时我才醒悟，怎么连花圈都没想到给妈买一个？不要说是鲜花的，就是纸扎的也还是在别人的提醒下才知道

母亲。一九八四年冬于北京故宫

母亲。一九八六年夏

给妈买一个?

我从来没有给妈买过鲜花,到了这个时候,也无法再做一次补偿。新中国在一九四九年后消灭了一切所谓贵族化的习俗。每每在电视上看到为迎接外国贵宾献上的鲜花,或某位国家领导人的追悼会上偶然有个鲜花的花圈,只觉得那真不是人间过的日子。没想到母亲去世后形势大变,那些本以为天上才有的日子,凡人竟可享受一二。这才能经常买些鲜花放在妈的骨灰盒前,以了我的宿愿。

我被这突如其来的惨烈打蒙了头。就是不蒙头,也没有举办丧事的经验。家里人口太少,更无三亲六故,生生息息、婚丧嫁娶的红白喜事从未经历、操办过,就是妈活着,碰见这样的事恐怕也会感到手忙脚乱。

不论新旧社会,人际关系的规则讲究的都是门当户对,有来有往。既无往,何谈来?来和往要有经济为基础,更要有心情为基础。妈却一腔哀愁,百事无心,话都懒得说,哪有精神应酬?既无钱又无心绪,只有终日闭门长吁短叹。如此,生活百科于我们可不就简陋到一无所知。

而且我也分不开身,又没有一个兄弟姐妹或七大姑八大姨来帮我照应一把。要不是有小阿姨和王蒙夫妇、维熙、谌容、蒋翠林以及机关同志们的帮助,我连这些也做不完全。

事后,我悔恨无穷地对先生说:"我当时昏了头,你经历过那么多事，又比我年长许多，怎么没替我想着给妈买个花圈呢？"

先生说："你又没告诉我。"

我哑口无言。既然先生能这么说，我还有什么可说？我那时要是能想到让他去给妈买个花圈，这个遗憾也就不会有了。

后来，我终于从悲痛中缓过气来的时候对先生说："这一年要是没有朋友们的关心，我真不知道怎么过，可是你连问都不问问我是怎么熬过来的。"

先生照样无辜地说："你又没告诉我。"

不过在我这样说过之后，先生确实改变了态度。今年妈生日和清明那天，我们到广济寺给妈上香，先生诚心诚意地在妈的牌位前鞠了三个躬。

有一次先生甚至在电话里对人说："张洁她妈死了。"

我说："这样说是不是太难听了。你能不能说'张洁的母亲去世了'？"

先生倒是虚心，后来果然改口为"张洁的母亲去世了"。

记不得谁人说过，一个男人要是讨了一个比自己小十岁的老婆，再不懂得温柔也得温柔起来。可在我们家，整个是南辕北辙。

先生的万般事体，除了大小解这样的事我无法代劳之外，什么时候要他张过口呢？就连他打算到街口去迎火葬场的车，我在那种情况下还能为他着想，怕他累着，转请谌容代劳。

但在母亲过世、我又身染重病以后，我就卸掉了此项重任，躲进了自己的家。我没有这个心气儿了，也怕我那很不好治、发展前景极为不妙的病传染给先生。

妈过世后这一年多的时间里，国文兄夫妇和王蒙兄夫妇，几乎每天一个电话，探问我的方方面面。或想方设法说些笑话，让我开心；或鼓励我振作起精神，写一部人世沧桑、世态炎凉的大书；或知我无法写作、没有收入，给我找点"饭辙"；或隔几日带些好吃、好喝、好玩的来我这里聚聚，哪怕是隆冬腊月、朔风凛冽，他们也会带着一身寒气和满心热气，来到我那已然没有了妈的空巢……

我更是没完没了，一而再，再而三地麻烦维熙的夫人小兰，有时半夜三更就会拿起电话和她讨论妈的病情、研究妈猝死的原因，一说就是个把小时。

有个深夜，胡容突然感到无名的恐惧，好像有什么不幸的事将要发生，赶紧打个电话给我。可不，那个晚上我真要过不去了。

去年中秋，徐泓远在海南，打来长途电话祝愿我节日过得还好。改天又打电话给我，适逢我不在家，没有人接。第二天再打，还是没有人接，她以为我病倒在床无法起来接电话,紧张得要命。三番五次打来电话,直到与我通上话才放了心。

…………

火葬场的人让我再看妈一眼,我掀开盖在妈身上的白布单,看了看妈的脸和妈的全身,这就是那永诀的一眼。又亲了亲妈的脸颊,这也是五十四年来,我和妈之间的最后一次肌肤相亲。从此以后我们阴阳相隔,就连没有了生命的妈,我再想看也看不见,再想亲也亲不着了。

然后,火葬场的人大声吆喝着:"走了,走了。"

我不能怪他,他要是不吆喝,所有送葬的人就无法走出这个门了。

人们把我拉走了。我当然得走,我不能永远留住妈,我也不能永远呆在火葬场不走。每个人都有他或她自己的时辰,现在还没到我呆在这里的时候。

从火葬场回来后,我拿起妈昨天晚上洗澡时换下的内衣,衣服上还残留着妈的体味。我把脸深深地埋了进去。

我就那么抱着妈的衣服,站在洗澡间里。可是妈的体味、气息也渐渐地消散了。

我一件件抚摸着妈用过的东西。坐一坐妈坐过的沙发;戴一戴妈戴过的手表;穿一穿妈穿过的衣裳……心里想,

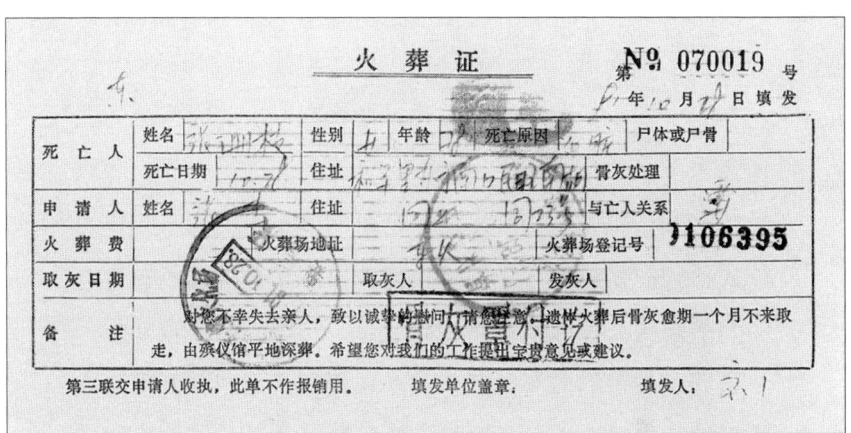

母亲的火葬证和殡仪馆收费收据，一九九一年十月二十八日

世界上最疼我的那个人去了

我永远地失去了妈，我是再也看不见妈了。其实，一个人在五十四岁的时候成为孤儿，要比在四岁的时候成为孤儿苦多了。

我一生碰到的难堪、痛苦可谓多矣，但都不如妈的离去给我的伤痛这样难熬。我甚至自私地想，还不如我走在妈的前头，那样我就可以躲过这个打击。可是我又想，要是我走在妈的前头，又有谁能来代替我给妈养老送终呢？虽然我也没有把妈照料好。最好的办法是将我以后的寿数与妈均分，我再比妈多上几天，等我安排好妈的后事便立刻随她而去。

要是我自己的那个时辰来到，我会顺其自然，不会下那么大力气去拒绝那个时刻的到来。然而，哪怕是妈身上的一小点病痛，更不要说妈走完她的人生之旅和我失去妈的悲伤，一想到妈在生老病死中的挣扎，我就感到疼痛难当。

也许上帝是慈悲的，他不愿让妈再忍受脑萎缩的折磨，在那个痛苦来到之前就把妈接走了。并且终于对妈发出一个善心，给了妈一个没有多少痛苦的结尾，这恐怕是她一生中最顺利的一件事，然而对于我却不免过于惨烈。

我收起妈用过的牙刷、牙膏。牙刷上还残留着妈没有冲洗净的牙膏。就在昨天，妈还用它们刷牙来着。

我收拾着妈的遗物，似乎收拾起她的一生。我想着，一个人的一生就这样地结束了，结束在一筒所剩不多的牙膏和一柄还残留着牙膏的牙刷这里。不论她吃过怎样的千辛万苦，有着怎样曲折痛苦的一生。

我特意留下她过去做鞋的纸样，用报纸剪的，或用画报剪的，上面有她钉过的密麻的针脚。很多年我们买不起鞋，全靠母亲一针针、一线线地缝制。

也特意留下那些补了又补的衣服和袜子，每一块补丁都让我想起我们过去的日子——先是妈在不停地缝补，渐渐地换成了我……我猛然一惊，心想：我们原本可能会一代接着一代地补下去……

我们早就不穿妈用手缝的鞋了，更不穿补过的衣服、袜子，我想，妈一直留着它们可能和我现在留着它们有同样的意思。

想起这一年妈老是交代后事。她如果不在了猫怎么办，给谁。她认定对门的邻居俞大姐会善待她的猫，让我在她走后把猫交给她，妈总不相信我会悉心照顾她的猫。

妈还几次叮咛我："以后你就和胡容相依为命吧。"

妈，在这个世界上，除了你和我，有谁能和你，或有谁能和我相依为命呢？

胡容是好朋友，可"相依为命"这四个字是能随便相托的吗？那是在共同的艰辛、苦难中熬出来的，就像熬中药一样，一定要熬到一定火候才能炼成结果。

妈老是不放心我，恨不能抓住她认识的、所有能说得上话的人，把我托付给他们。

可是，不论把我托付给谁，谁能像妈那样地守护我呢？

十月三十一号。星期四。

早上接到唐棣的电话。

妈去世的消息，我还没有告诉她，我想等到周末，这对她会容易些。先生家的电话又没有长途通话的服务，我必须到很远的邮局去打国际长途，对我那时的情况来说，这非常困难，而且唐棣周末肯定会打电话来。

她在电话里兴高采烈地说："我往老家打了几次电话都没有人接，后来才想起你们可能到这里来了……"

我只好不忍地打断她："书包，姥姥去世了。"

她失声地问："什么？什么？"

我又重复了一遍："姥姥去世了。"

她那边立刻没有了声音。我吓得以为她昏了过去，因为这个消息太突然了，前几天她还像我一样为妈的手术成功而兴奋不已。我还在电话里跟她开妈的玩笑："姥姥一恢复正常就又像过去那么邪乎起来……动不动就'哎呀……别碰我'，或是一皱小眉头什么的。"

我终于能对一个可以诉说的人说说妈去世的前前后后。

我想和唐棣再多说几句,可先生一直在我身边的沙发上坐着。并没有什么不可以让先生听的话,可那是只属于我的妈、女儿的姥姥,只属于我和女儿的悲哀。

…………

十点,瑞芳和先生陪我去火葬场接回了妈的骨灰。我在车上打开妈的骨灰盒,看着已然变作一堆白灰的妈,我在心里说:"妈,以后该我搂着您了。"

先生说:"收起来吧,收起来吧。"

骨灰先是安放在先生家的客厅里,妈前几天还在这里起居坐卧呢。搬进新家以后,骨灰就安放在我的卧室里。从此她日日夜夜都和我在一起,再也不会分开了。

十一月十四号,星期四。

先到西直门火车站办理妈去世后的一应手续。西直门铁路工会的负责人还对我说了几句安抚的话。我交回了妈的退休证。妈退休后一直用它领取每月的退休养老金。从三十几块,领到一百五六十块。一九八七年妈得了一场黄疸性肝炎,我们又搬到西坝河。从那以后,就由我去代领了。

西直门铁路工会还发给我四百二十元人民币的抚恤金。

我对会计说:"这个钱我会留作纪念,不会花的,能不能给我整钱?"

她们很客气地给了我几张很新的大票。

我原想祭奠妈时把这些钱焚化给妈,后来又觉得我个人没有权利这样安排,我得和唐棣一起研究一个妥善的办法。就把这几张钱和妈的遗物放在了一起。

妈去世前的一两年老对唐棣或我说:"我也没有给你们留下什么钱、什么遗产……"每每说到这里,就会哽咽地说不下去。

我对妈说:"您把我们拉扯大,不就是最好的遗产吗?"

一九九二年十二月底唐棣回国探望我时,我像受到什么启示,想,何不把这笔抚恤金交给唐棣,这不就是妈给唐棣的一份遗产吗?钱虽不多,却含着妈对我们那份无价可估的爱心。唐棣也认为这个办法不错。

妈曾下定决心要送唐棣一件礼物,作为她留给后代的纪念。她一再追问唐棣喜欢什么,她可以将退休养老金慢慢积攒起来去买。

为了让妈高兴,唐棣就对她说喜欢一只玉镯。

妈在一九九〇年十月一日给唐棣的信中写道:

> ……玉镯的购买,你和你妈都能马上购买,不费吹灰之力。这是明摆着的。但我坚持从我每月工资中

存起些给你买。我觉得这是有价子（值——张洁）的，一个老人对孙女的疼爱。我坚持这样做，尽我点心意，请你不要拒绝！回来（指她从美国探望唐棣回国——张洁）把我去那五个月的工资凑到一起交给你妈，一千元。以后每月交给你妈一百四十六，我留下五十元。聚少成多。它是我将要离开人世对我的（后——张洁）代留下点点的纪念。我没有遗产，请原谅！

又在一九九一年五月七号的信中写道：

……攒钱买手镯的事，每月交给你（妈——张洁）手里一百元，到现在才存一千六百元，离买的钱差得太远。不知我离开人世前能否完成我的心愿。北京没有卖的（我想她是指质地好一些的——张洁），我又不好老吹（催——张洁）你妈。只好耐心的攒钱。反正你妈最后给补够买纪念品的钱（我知道妈的退休养老金不可能买一只很好的玉镯，就对她说，钱不够我可以替她补上，以了却她的这份心愿——张洁）。你们能买得起的，我觉得我攒钱买有很大意义。姥姥对这些年没照看你，从没给你做点什么，心里愧的很，我伤心。所以我这样决定，买个纪念品，也是小小的安慰。

书包，你好！听了你的电话后，象吃了蜜月似的，心里多么愉快。多大的安慰呀！你的一切那样的顺利多样人幸兴！我们多次心！

主信的购买，你和任好都能子上购买，不非吹灰之力还是明摆着的，但我坚持从我每月工资中存起些给你买，我觉得这是有价手的，一个老人对孙女的疼爱，我坚持这样做是我真心意，请你不要拒绝，回来托我去那五个月的工资，凑到一起交给你好。一千元。以后每月是给你好一百四十元，我手中留了五十元，聚少成多，这是我将来离开人世对我的代由不尽的纪念，我没有遗产，请原谅！

那去你那生住了五个月由于你们工作忙坡时间和你们长谈，报此意见都没说出来，希望好好… 在外儿里长着辞我，我照你说的做父。这样

母亲给唐棣的信，一九九〇年十月一日

书包你好！有半年多了，没给你写信了，不是把你忘掉了，还是时刻怀念你。只是眼神看不清楚，並且有好多了情想谈又无从说起，怀念之情一下子是说不完的，说里写字相当吃力，所以只好不写，请原谅姥姥。姥姥和朱一样日夜盼望你的来信和电话，可电话我又把要说的话又想不起来，所以呆呆听你们母女谈话也是很大的安慰！

说积钱买手镯的了，每月交给你手里110元，到现在才存1600元，离买的钱差得太远，不知我开人了之乡能否完成我的心愿，以来没有卖的，我又不好，老吵你们，只好耐心的等着，反正你妈最后给辅娃买纪念品的钱。你们还自己买的好的，我觉得我积钱买，有很大意义。

姥姥这些年对照着你，应该给你做点什么心里愧的很我伤心。所以我这样决定买个纪念品，也是小小的安慰。

你妈去维也纳去了，得一个月回来。她很忙她很辛苦，再进店以她有时发皮气这也是可以理解的。她心很善良的，自己不舍得吃，给我和名如吃，有时我很难走我她的气太影。最近又老买水果.王怕反是行。

我的身体比以？好多了，每早上去寿走，下午我自己出去走，到医院析戏斗不痛都没有.你不用挂念！

你自己好.要爱它自己身。秋敬心了。李太光写到这，乱七八糟，请不笔诛！

姥姥．1991.5.7

母亲给唐棣的信，一九九一年五月七日

妈从美国回来后果然开始攒这笔钱。我对妈说，这样攒法恐怕不行，因为通货膨胀得厉害，不如她每月将她退休金借给我，到时我还她一只玉镯就是。妈接受了这个建议，每月将她的退休养老金交给我，还在小本子上记下每月交我的钱数。那时她的视力已经越来越坏，每个字都向下歪斜着。那每一个歪斜的字里，都饱含着无法用语言表达的舐犊深情。小本子上的这些纸片，我在妈去世后交给了唐棣。一九九三年六月我到美国探望唐棣时，深感安慰地见她珍藏着这些纸片以及姥姥其他的一些遗物。

一九九一年春天我出访奥地利，在维也纳见到一条难以常见的、设计精美的白金钻石项链，那不仅是项链，还是一件品位很高的艺术品，真是只有欧洲才有的品位。我心里一冲动就替妈给唐棣买下了它。

回国以后我对妈说，这个礼物也不比玉镯差。妈的反响却不大热烈。

我在妈一九九一年七月七日给唐棣的最后一封信中读到：

书包，从元月给你写过信又有半年多了，没给你写过信，因为眼神不好。所以什么事情都担（耽——张洁）误了，请原谅！

记得打电话谈，我的护照还能用。在仅仅……（这似乎是一句没有写完的话——张洁）所以有机会再看

母亲一生中的最后一张照片。一九九〇年十月

母亲心爱的猫

你一次。其实谈何容易。不能因为我而影响你。我已经把你妈累住这些年了。那是感情一时的想法,你别当真,也别和你(妈——张洁)谈这件事。只要你们(这句话好像没写完,我想可能是个"好"字——张洁)我也死而明(瞑——张洁)目了。

项链已买过了,是白金的,不太满易(意——张洁),但耐(奈——张洁)何!这样我就完成我的心愿了。钱也够了。再每月支一……(看不清楚,下面的字她写到信纸外面去了——张洁)算我的伙食费到死。有时想对你一点帮助也没有。

情长话短,信又写不清楚,真是物(可能是物字,我猜她想说的是废物——张洁),要说的话多着呢。信写的太乱,请原谅!

　　祝

你一切顺利!

姥姥 1991.7.7

想不到这就是妈的绝笔!

这封信里的字迹已不成形,很多话像是没有写完,别字也多。而且每一行字都向右下歪斜得不能成行,甚至下一行字压在上一行字上。

唐棣说,当她看到这封信时心里就是一沉,就有一种

母亲的绝笔，给唐棣的最后一封信，一九九一年七月七日不祥的预感。但她不敢深想,她怕往深一想事情反倒成真。

看了这封信我才知道,妈并不满意我替她给唐棣买的这个项链。我忽略了,妈和我一样,把唐棣每一个哪怕是微不足道的愿望,都当成是我们丝毫不得走样的奋斗目标。

但我又想,幸亏我灵机一动先买了这条项链,而没有死等买只玉镯的机会。我总算让妈在活着的时候,见到她的愿望成真。这不是鬼使神差又是什么!正如妈在信中所说:"这样我就完成我的心愿了。"如果不是这样,我相信这也会是妈离去时的一个遗憾。

妈,我一定还要替你买一只玉镯,在唐棣结婚的时候送给她,您不用担心您已没有钱来支付这笔开支,您一生给予我们的爱、您为拉扯我们长大耗费的心血,足够支付您想买的任何礼物。

离开西直门车站铁路工会后,我就到西坝河派出所注销妈的户口。派出所的人说,妈去世时开的死亡诊断不能用,必须到她户口所在地的医院开具死亡证明才行。

我又拿着航天部研究所门诊部开的死亡诊断书,到朝阳区医院西坝河门诊部开具死亡证明,然后再返回派出所。

一位着便衣的女士坐在齐我胸高的柜台后面,哗啦啦地翻着户籍簿。我只能看见她的头顶,所以我像盲人一样,全凭声音来判断她对我发出的指示,并决定我该做些什么。

我听见她停止了翻动，想是找到了记载着有关妈的一页，并从里面抽出什么东西。我立刻意识到她抽出的是妈的照片，便请求她说："请你不要撕，把我母亲的照片都还给我。"

她一面毫不留情地撕着手里的一小块纸片，一面在柜台后面申斥我说："谁撕你妈的照片了！"

我当然不能绕到像老人家所盛赞的"无产阶级专政的铜墙铁壁"一样的柜台后面去核对、证实我的正确。

然后她把手里的另一小块纸片抛给了我。那可不就是妈的照片！

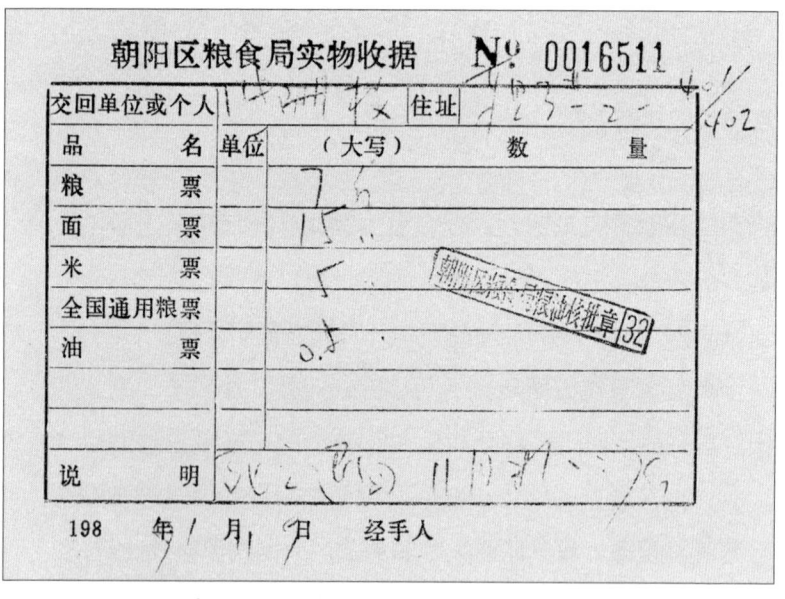

注销母亲粮油关系的收据，一九九一年十一月九日

我当时的感觉就像她把我的妈妈撕碎了一样。

我敢肯定这个标致的女人，一定是个心肠十分歹毒的人，换一个稍有良知的人，都不会这样对待他人的丧母之痛。

我不能和她闹个一清二楚，我怕对妈有什么不好，尽管妈已经不在了。这些人是想找什么麻烦就能找出什么麻烦的。

之后我又到西坝河粮油管理办事处，注销了妈的粮油关系。

从此，这个社会注销、收回了它加给妈的一切符号。

我给猫咪洗了澡。想起这一两年妈多少次让我给它洗个澡，我老推说忙而没有洗成，现在我就是每天给它洗，又有什么用呢？反正当时我连妈这个小小的要求都没有替她做到。

十二月七号，星期六。晚上我在广济寺给妈放了焰口。胡容和苏予也赶来了。这一天，北京下了近年少有的雪，雪还不小。妈算是雪路登程，普天同哀，她是往高洁的地界去了。

我反复和医生们探讨妈猝死的原因，以便认知自己应该承担的罪责。

签字之前，罗主任不是没有警告过我老年人可能经受不了手术的打击，我为什么不深究一下，那是什么意思？现在我知道，老年人的血液黏稠，血管失去弹性、变脆、粗糙，加上手术后可能出现的血流动力变化，容易在粗糙的血管壁上形成血栓，导致心肌梗塞。妈还没到山穷水尽的地步，为什么我当时鬼迷心窍，认为做了手术妈会活得更长、更好？对于我来说，妈哪怕只有一口气，但只要还喘着，就比没有妈好。

妈去世半年后，我还对罗主任说："当初我还不如不让我母亲手术。"

罗主任说："那也维持不了多久，顶多还能维持几个月，虽然我不能具体说出到底是几个月。她的瘤子已经很大了，瘤子一破裂，不光是眼睛失明的问题。她各方面的功能都开始衰竭了……到了那时，你可能又要后悔没有签字手术了。"

他也许是在安慰我，我也姑且这样相信，不然又怎样呢？

我从未请教他人，大手术后应该特别注意哪些事项。先生就是动过大手术的人，我也知道他手术后吃过一两年的中药进行调理。眼前明摆着这样一个实例，我却没有给妈请个中医调理调理。只要我肯努力，一位好中医还是请得到的。我问过一位中医大夫，要是术后立即请中医调理，妈是否还有救？他说，也许。

联想到妈在医院的几次心慌，会不会是心力衰竭？如果是，我还逼着妈起来坐下地锻炼，不让她好好休息，不是加速妈的衰亡又是什么呢？

不过，维熙的爱人小兰（她是医生）对我说，妈即使是心力衰竭，也只能算是初期。从初期发展到后期，有一个相当长的过程。根据妈的表现，不要说别的医生，就是她也不会收妈住院的，只能让她回家好好休息，甚至连洋地黄也不会轻易给妈服用。

她分析，很可能是妈承受不了手术的打击，血液动力发生变化造成凝血机制紊乱，最后形成血栓，堵住心动脉或肺动脉造成猝死。这和罗主任以及人民医院张主任的分析大致相符。

还有，妈渐入老境以后，两只脚上长了很大的拐骨，脚趾因此挤摞在一起，不论穿什么鞋都不舒服。每天需用胶布缠住脚趾，再将胶布贴满脚心脚背，以便将各个脚趾拽回原来的位置，我常见她做如此的奋斗，却一次也不曾帮她拽过……手术前我也曾和大夫研究，反正是要麻醉，可否趁脑手术一并将脚拐骨切除。大夫说那个手术很疼很不容易恢复，也就打消了这个念头。

…………

咔叭一声，我突然停了下来。

张洁的一九九一年年历，记录了母亲最后的日子我才明白，为什么唐棣一走妈就垮了。

如今，我已一无所有。妈这一走，这个世界和我就一点关系也没有了。女儿已经独立，她不再需要我的庇护。在待人处事方面，我有时还得仰仗她的点拨，何况她也很有出息。只有年迈的、已经不能自立的妈才是最需要我的。需要我为之劳累、为之争气、为之出息……如今，这个最需要我的人已经远去。

真是万念俱灰，情缘已了。

现在我已知道，死是这样的近……

直到现在，我还不习惯一转身已经寻不见妈的身影、一回家已经不能先叫一声"妈"、一进家门已经没有妈颤巍巍地扶着门框在等我的生活。

看到报纸上不管是谁的讣告，我仍情不自禁地先看故人的享年，比一比妈的享年孰多孰少。

有一次在和平里商场看到一位年轻的母亲为女儿购买被褥，我偷偷地站在那女孩的一旁，希望重温一下我像她一样小的时候，妈带我上街时的情景。多年来妈已不能带着我上街给我买东西，就是她活着也不能了。我也不再带着唐棣上街给她买什么东西。我不但长大，并已渐入老境，唐棣也已长大。每一个人都会渐渐地离开母亲的翅膀。

看到一位和妈年龄相仿、身体又很硬朗的老人，我总想走上前去，问人家一句："您老人家高寿？"心里不知问谁地问道：为什么人家还活着而妈却不在了？

听到有人叫"妈"，我仍然会驻足伫立，回味着我也能这样叫"妈"的时光，忍咽下我已然不能这样叫"妈"的悲凉。

在商店里看见适合妈穿的衣服，我还会情不自禁地张望很久，涌起给妈买一件的冲动。

见到满大街跑的迷你"巴士"，就会埋怨地想，为什么这种车在妈去世后才泛滥起来，要是早就如此兴旺，妈就会享有很多的方便。

每每见到唐棣出息或出落得不同凡响的模样，一刹那间还会想：我要告诉妈，妈一定高兴得不得了。但在一刹那过去，便想起其实已无人可以和我分享这份满足。

我常常真切地感到，妈就在我身边走来走去，好像我一回头就能看见她扒在我电脑桌旁的窗户上，对着前门大街的霓虹灯火说道："真好看哪。"可我伸出手去，却触摸不到一个实在的妈。

我也觉得随时就会听见妈低低地叫我一声："小洁！"可我旋即知道，"小洁"这个称呼跟着妈一起，永远地从世界上消失了。谁还能再低低地叫我的小名呢？就是有人再叫我"小洁"，那也不是妈的呼唤了。

谁还能来跟我一起念叨那五味俱全的往事……

为母亲办往生位的收费收据，一九九一年十二月七日

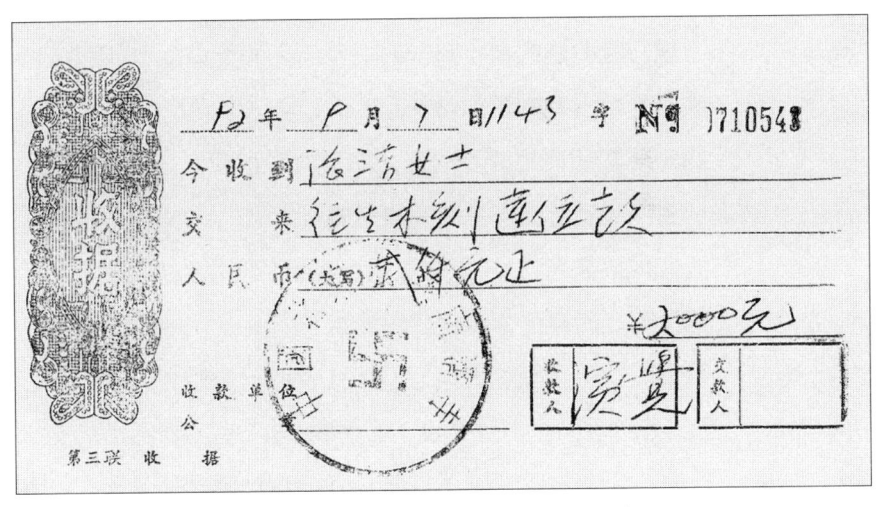

为母亲办往生木刻莲位的收费收据，一九九二年九月七日

世界上最疼我的那个人去了

……………

我终于明白：爱人是可以更换的，而母亲却是唯一的。

人的一生其实是不断地失去自己所爱的人的过程，而且是永远的失去。这是每个人必经的最大的伤痛。

在这样的变故后，我已非我。新的我将是怎样，也很难预测。妈，您一定不知道，您又创造了我的另一个生命。

我还有什么奢求吗？我等不及和妈来世的缘分，它也不能解脱我想念妈的苦情。我只求妈多给我托些梦，让我在梦里再对她说一次：妈，请您原谅我！

纵使我写尽所有的文字，我能写尽妈对我那报答不尽、也无法报答的爱吗？

我能写尽对她的歉疚吗？

我能写尽对她的思念吗？

妈，既然您终将弃我而去，您又何必送我到这世界上来走一遭，让我备受与您别离的创痛？

妈，您过去老说："我不能死，我死了你怎么办呢？"

妈，现在，真的，我怎么办呢？

写自一九九一年十一月
一九九三年七月十四日于纽约脱稿
一九九三年八月二十一日定稿

后　记

没想到这十几万字写得这样艰难。初始，每写几个字就难以自持，不得不停机歇息。在我所有的文字中，这十多万字可能是我付出最多的文字。

一九九二年十二月十八号那个晚上，我并没有发出删除的指令，却在电脑里丢掉了八万多字。一年的努力眨眼之间化为一片空白。而这时，离唐棣的归期只有十一天了。

紧赶慢赶，不就是想要她回来时能够看到这些文字吗？她是妈的另一块骨肉，她有权利知道每一个细节。我寄希望于这十几万文字，将比我的口述更为清楚、无所遗漏。

我呆坐在电脑台前，一直过了三更。苦撑着自母亲去世后这个最沉重的打击。

国文兄说，可能是母亲不愿意我在这些文字里跋涉。

我却认为，这是上帝的意思，他要我在这些文字里再熬煎一次。

可我猛然回头，看见妈留下的宠物猫咪正蹲在我的身后，静静地看着我。我在它的眼睛里，看到了妈对我的安抚。

我低低地叫了一声："妈！"

在某电脑公司一位工程师的帮助下，总算找出了行不成行、句不成句、支离破碎的三两万字。

此时我别无出路，只好振作精神重写。日夜兼程，更兼重病在身。

唐棣回来之后，我甚至没有给她做过一顿像样的饭菜，也很少和她畅谈，只是精神恍惚地坐在她的面前看着她。

直到她回美国之前，我终于赶写出一个框架，让她能够大概了解这场劫难的前前后后，以及我的过错和我应该承担的责任，算是了了我的一份心债。

奇怪的是，我重新写完之后，那丢失的几万字又被另一位电脑工程师在电脑里找到。此事看似蹊跷，其中定有神的暗示。

今年六月到美国探望唐棣，终于在那里完稿。随着这些文字的完成，我才大致走出恍惚。

但我始终不能定稿。每读一遍，都感到不能尽善尽美的缺憾。忽然一日悟出，就是我再写上一年，也不可能尽善尽美。

不如就此停笔。